新說 狼與辛香料

狼與羊皮紙

3

支倉凍砂
Isuna Hasekura

Illustration
文倉 十
Jyuu Ayakura

賢狼與旅行商人的女兒
繆里
立志從事聖職的青年
寇爾

「受不了妳耶……」
「嘿嘿嘿。」
繆里笑嘻嘻地坐回裝滿熱水的浴盆裡。
我捲起袖子，拿肥皂沾點水搓出泡沫，
動手替繆里洗頭。
或許是海風吹得太久，
原本輕柔飄逸的頭髮變得像狼毛那麼粗。

「大哥哥，這個世界真的好大喔！」

繆里注意到我接近，

對著廣闊大海這麼說。

在紐希拉那種深山地方，

無論爬上哪個山頭，

視野都沒有這麼開闊。

而且不管往哪裡看，

都是一望無際的汪洋大海。

長羊角的女商人
伊蕾妮雅・吉賽兒
「我叫伊蕾妮雅・吉賽兒，在一個很遠很遠，擁有碧綠海岸的國家長大。
現在是替某個遙遠國家的商行工作，平常都在這個王國經銷羊毛。」

羊女做起買賣羊毛的生意，
在這行肯定是有口皆碑。
可能是我心思都寫在臉上，
那年輕女商人露出相當於其年紀，
應該說相當於其外觀的童真笑容。

Contents

新說　狼與辛香料

狼與羊皮紙 3

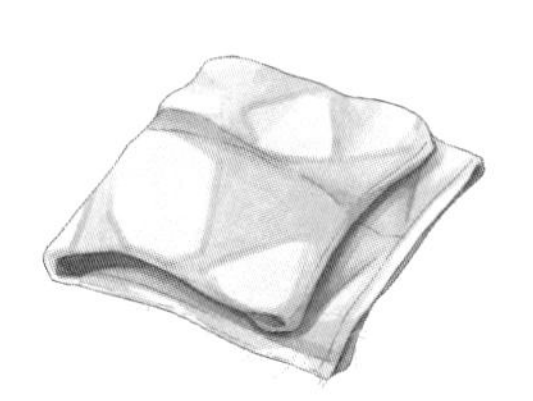

Kadokawa Fantastic Novels

WORLD MAP
凱森
迪薩列夫
阿蒂夫
多蘭平原
樂耶夫山
約伊茲
紐希拉
伊克
堂斯格
樂耶夫河
凱爾貝
斯威奈爾
雷斯可
托爾金
溫菲爾王國
雷諾斯
羅姆河
普羅亞尼國
特列歐
恩貝爾
N
W
E
S
卡梅爾森
拉姆特拉
崔尼國
波羅遜
留賓海根
帕茲歐
約連
斯拉烏德河
帕斯羅

地圖繪製／出光秀匡

序幕

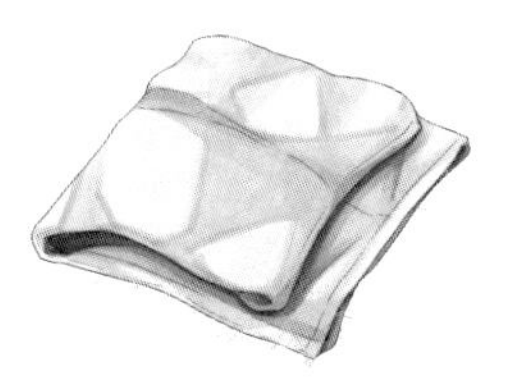

醒來時，嘴邊掛了條口水。看來是想事情想到睡著了。我不禁為自己的散漫皺眉，趕緊擦擦嘴巴。

船就像個搖籃，腿上又暖呼呼的，一不小心就敗給了瞌睡蟲。

擦眼打呵欠的晃動，使枕在腿上的少女——繆里扭扭身子抗議。她年方十二、三，若緣份來得早，有人上門說親也不奇怪。這丫頭生性調皮搗蛋，親事落在她頭上肯定會鬧得人仰馬翻，我也早已做好替她收爛攤子的準備，結果我現在卻面臨了作夢也想不到的狀況。

繆里是我長年服務的溫泉旅館的老闆的女兒，打從她出生，我就自告奮勇扛下照顧她的責任。繆里因此十分黏我，大哥哥、大哥哥叫個沒完，有點讓人喘不過氣。

直到這陣子我才知道，她將我視為戀愛對象，且不能單純用這年紀的少女常被感情沖昏頭來解釋。大約十天前，我在傳說為海盜根據地的北方島嶼地區涉入海權問題時，明白她對我用情是深至幾何。

由於溫菲爾王國與教會之爭，我前往北方島嶼地區調查其信仰的異端嫌疑。在那裡，我發現他們對於貧困的現況只能寄託於祈禱，我明白他們嚴苛生活的實情。

而且，南方國家的大商行和教會所派出的大主教，還帶著詭計和黃金來到這個光是求生就很困難的地方。能夠擊敗這幫勢力，說我純粹只是走狗運也行。若要找個大功臣，絕非繆里莫屬。

全得歸功於繆里那近乎信仰的，對我的愛。

當我跌進黑漆漆的冰寒大海，準備領死時，繆里毫不猶豫地隨我一躍而下。誓言終生相守的情人，又有幾個能做到這種地步呢。

她的魯莽和果決強烈到我都不知道該說什麼才好了。見到她對我如此深情，我實在無法當那是少女年少的懵懂情懷。

而且我也漸漸明白，說自己為投入聖職而立過禁慾之誓，又當她只是妹妹，不能回報她的愛當藉口，其實對繆里而言根本沒意義。

繆里正枕著我的大腿鬧起床氣。我摸摸她的那頭彷彿摻了銀粉的奇妙灰髮，同樣顏色的三角毛皮跟著細細抽動。那是獸類——狼的耳朵。繆里的母親別稱賢狼赫蘿，是寄宿於麥子中的狼之化身。狼是森林裡的狩獵專家，只要是狼賭命追尋的獵物，絕對無路可逃。

我這神的羔羊的本能，在道理說不清的地方這麼對我說。

同時繆里是我的妹妹，這也不須理由。

神不可能允許父女兄妹彼此成婚。

我很希望繆里能明白這一點，然而每次都是白費功夫。

不過看著腿上那傻呼呼的睡臉，我不禁苦笑。

雖然有很多頭疼的問題等待解決，至少現在我們擁有一段祥和的時光。

但願這樣的時光能長久延續。

我如此祈禱，摸著繆里的頭再度闔眼。

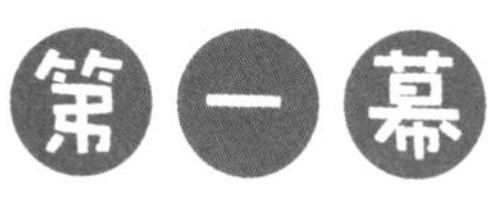
第一幕

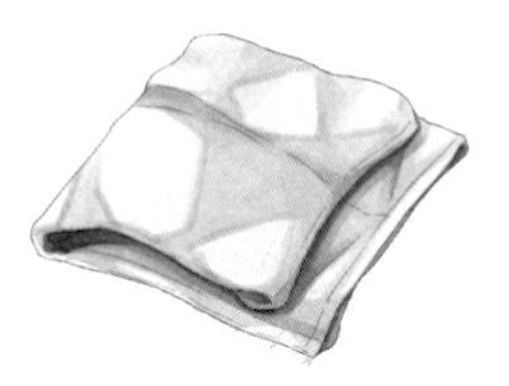

「大哥哥！快起來！」

繆里喊醒了我。

我迷糊地左顧右盼，發現自己還在船艙裡，四周黑壓壓地一片。是靠港了嗎。除非有緊急需求，不太可能會在夜間出航才對。猜到一半，我感到整個人漂浮起來，有如船摔進了坑洞。

緊接著是一次沉重的衝擊，地板一反前態急速上升。

「找地方抓好！」

船艙裡到處是大呼小叫，而船又落入深坑。地板大幅傾斜，堆放的木箱和麻袋捆一起滾過來。儘管大多都是空的，直接撞上了還是有可能受重傷。

真正使我站不穩的不是搖晃，而是不知發生何事的恐慌。我下意識抱緊繆里的肩，尋找安全的地方，可是我們在船艙裡簡直是甕中之鱉，只能往上跑。

在猛烈搖晃的黑暗中，我好不容易摸到梯子邊，讓繆里先上去。

這個山裡長大的野丫頭隨即穩穩地爬出去，成天看書的我還得請她拉一把。結果一鑽出甲板，狂暴的風雨就從旁砸在我臉上。

「再綁緊一點！」

「再一個過去抓舵！死也不能放手！要是跑到西邊去，就要一路被沖上外海了！」

甲板上有如地獄。

雨勢大得宛如船隻誤闖瀑布底下，天空布滿煤炭般的黑雲。閃電一陣陣地照亮黑暗的世界，清楚映出詭異的漫天雲褶。

我看得目瞪口呆時，有個緊抱著船桁的人對我奮力大喊。

可是喊聲遭雷鳴掩蓋，完全聽不見他在說什麼。

緊接著，一道猛浪越過護欄直撲而來。

洗刷甲板退去的浪，以強得我以為腳會折斷的力道掃飛我的腳。有如岩堆的水團使我一點辦法也沒有，只能抱著繆里滑到另一邊護欄。

背後猛力一撞，隨後全身又浸淫在飄浮感之中，瀑布由腳往頭流瀉，最後臉冷不防撞在地板上。

我咳得七葷八素，完全分不清現在是什麼狀況。

這時有人在我耳邊大喊：

「大哥哥！站起來！」

繆里的聲音使我睜開眼睛，只見渾身濕透的繆里兩手緊抓著我的右手。

「抓住纜繩！」

繆里隨他人的呼喊連忙四處張望，而我立刻動作，伸手抓取就在身旁的纜繩。同時拉回繆里所抓的右手，用腋下和胸部盡一切力量抱緊那細瘦的身軀。

隨後船頭往下一掉，鹹澀的激流刷過全身，我連覺得冷的餘力也沒有。就連眩目電光挾帶的雷鳴，也被打上甲板的浪濤聲抹消。

到這一刻，我總算了解這艘船是處於什麼狀況。

船誤入暴風雨之中，如落葉般隨波逐流。

「沒事吧？」

我對懷裡的淋濕小貓問一聲，而她儘管咳個不停也仍點了頭。

「大哥哥，你不要……又掉進海裡喔！我不想再跳下去了！」

那貧嘴的話使我莞爾一笑，輕吻她被海水沖過的飽滿額頭。

「寇爾先生！繆里小姐！你們還好嗎！」

這時有個人大喊著，在漂來晃去的船上健步如飛地跑過來。

那是身材圓胖如酒桶，德堡商行的商人約瑟夫。

「上天保佑。」

話聲剛斷，約瑟夫要保護我們不受下一波海浪侵襲般掩住我們，待水退去後說：

「這裡很危險！兩位請快點下去！」

然而船員們全都九死一生地拚了老命堅守航線。

當我想問有沒有任何事我幫得上忙時——

「快點下去，和小伙計一起把灌進船艙的水撈出去！然後把壓船酒桶裡的水倒掉，找繩子幾個一堆地緊緊綑在一起！這樣萬一船底破了，也能提供一點浮力！要是真的不行了，就抓著浮桶求神垂憐吧！」

運氣不錯，能做的事還有很多。

「我們要想辦法不讓船漂到外海去！等下一次海浪過去就趕快跑下去！」

船向下一沉，閃電照出遠在頭上，好比崖頭的波頂稜線。

轉眼間，船又往上一昇。還以為會被拋上天時，甲板又被狠狠刷過一次。

「趁現在快走！」

我臉也不擦地抱緊繆里的手走過甲板。

一扶住船艙口，她就輕巧跳進去，連梯子都省了。

我當然模仿不來，下梯子到一半就被海水迎頭澆灌，最後腳底打滑，摔個四腳朝天。

「大哥哥少了我就真的不行耶！」

繆里的嘲笑其實一點也沒錯。因為有繆里陪伴我，我才能走到這一步。我拉她的手爬起來，

照約瑟夫的話去做。

船每次傾斜，貨物就成了不聽話的狂牛。雖然常有人笑我弱不禁風、手無縛雞之力，不過我在溫泉旅館其實做了不少粗活。我用力踏定雙腳擋住酒桶，繆里就用咬的拔下木栓。再來只要讓酒桶任海波翻動，裡頭的水自然會流掉吧。

這段時間，我繼續在滿艙打滾的貨物中找出空酒桶並使盡力氣按住，用繆里找來的繩子三個綁在一起。

一旁，小伙計和其他乘客將裝滿的水桶從更下層船艙接力往上送，從船壁窗口倒出去。儘管灌進來的看似遠比倒的多，也不能坐以待斃，誰都沒有怨言。

綁完酒桶，我也加入倒水行列。水桶看來很輕，但我很快就發現那是天大的誤會。要在搖得人仰馬翻的船裡將重得像裝滿鉛塊的水桶交給身旁的小伙計，還得盡量不讓水灑出來，我怎麼也做不好。失敗四次以後，我被趕到船底下泡在及膝海水裡撈水。

然而個子高，以前又經常在旅館浴池裡放水的我，說不定比較適合這個位置。我就這麼一次又一次地接過上頭送來的水桶，打滿水送上去。不時的電光，替我照出接水桶的人就是繆里。

她接過裝滿的水桶又送空桶下來，與我節奏完全契合，一次也沒耽擱。雖然海水仍不斷灌進船底，腳下木板另一邊就是死亡的國度，我卻一點也不害怕。

不知撈了多久，撈到腦袋無法思考，只有手仍機械式地動作。突然間，我往下擺的木桶撞上地板，把我震回了神，才發現水不知不覺已經退了。

船還是很搖，但不像先前那樣天旋地轉。看來暴風雨不分山海，都是一樣說來就來，說走就走。似乎已經熬過最危險的時候了。

一這麼想，船稍微一搖就把我晃倒，當場癱坐。

手掌手臂都充血發脹，光是爬到梯子邊就費了好大的勁。

這時有人爬下來，往我頭上蓋了塊濕答答的毛皮。從毛的長度，我馬上就認出那是什麼。

「大哥哥，還好嗎？」

繆里跳過我頭頂來到船底，用力抖身甩掉尾巴的水。

僅僅見到這模樣，我幾乎榨光的力氣又回來了。

「我……還好。重要的是……」

我伸出以為再也動不了的手，抓住繆里伸來的手。

「妳沒事就好。」

面對笑嘻嘻的繆里，我拚命擠出一點身為兄長的尊嚴，咬牙站起。

「走，回上面來吧。待在這裡會感冒。」

雖然船底的水淺得撈不起來，但總歸是冰冷的海水。坐在水裡，不一會兒就會全身發冷。等繆里耳朵尾巴收好，我借她的手軟趴趴地爬上梯子，返回船艙。

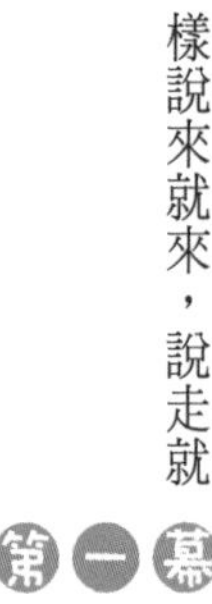

刺眼的夕陽光射入艙中，令人好氣又好笑。

累癱了的小伙計和乘客像打撈上岸的魚，到處東倒西歪。約瑟夫像船長似的一面跨過他們，一面折手指清點人數。一發現我，就笑容滿面地恭賀平安。看樣子，沒有任何人因為這場暴風雨跌進海裡。

暴風雨使航道大幅偏離預定，不過他說附近就有港口可以停靠。

「真是多災多難。」

我倚著牆這麼說，並脫鞋倒水，從衣服擰出的水也嘩啦啦流了一地。坐在身旁的繆里一頭濕髮被夕陽照得發亮，露齒而笑地回答：

「這不是災難，是大冒險。」

只要是這少女所到之處，再怎麼不可理喻的環境都會變成目眩神迷的冒險舞台。

那太陽般的耀眼光輝使我瞇起眼，紓解最後的緊張。

「我睡一下。」

「嗯。」

繆里拿我擰乾的外套當被子，理所當然地蓋住我和她自己。還撥去沾在我臉頰上的頭髮，毫不害臊地親一下。

擺明趁我沒力閃躲時占我便宜。

「晚安嘍，大哥哥。」

即使心裡埋怨，我仍拉寬外套，讓繆里多蓋一點，然後敞身入睡。

結果，我們的航道似乎往西偏了很多，來到名叫迪薩列夫的港都。用不確定語氣，是因為潮濕的船艙反而令人愈睡愈累，幾乎昏死。而繆里早就恢復精神，到甲板上向船員打聽消息。

「大哥哥大哥哥，聽說這個港都很大耶。」

「這樣啊。不過……好像離原本的目的地很遠。」

我看著島國溫菲爾王國和海峽另一邊的大陸港都一帶地圖，無奈低語。迪薩列夫幾個字，位在溫菲爾王國最北端。

「我們本來要去的是……阿蒂夫嗎？」

繆里從旁窺視地圖並這麼問。

我們的目的地不是阿蒂夫港，而是溫菲爾的另一個港都勞茲本。

「那個金毛不是只有叫我們去那邊嗎？不去也沒關係吧？」

還臉不紅氣不喘地說。

她口中的金毛，是身負溫菲爾王室血脈的貴族——海蘭。她不僅信仰虔誠，還兼具勇氣與智

慧，彷彿天生就是要來這世界領導人民的優秀人物，可是繆里怎麼都看她不順眼。

她懷疑我對海蘭的敬意，其實是其他感情。

海蘭是個不畏風霜的美麗女子，的確有種繆里所沒有的魅力。

「怎麼能不去。她特地指定地點，就是因為有相關的動靜啊。」

北方島嶼所發生一連串的事，我已在出發前一週就寫信請快船送給海蘭。

我們繼續留在凱森等回信，並於大約兩天前接到，當下就立刻啟程。

「哼～好啦，當我沒說。去沒見過的城鎮也挺好玩的。」

在深山村落紐希拉，繆里總愛纏著溫泉旅館的客人問他們打哪來，請他們畫地圖。這樣的她，到新城鎮自然是不會無聊吧。

「對了，你以前去過的城鎮在哪裡？」

「這個嘛，比勞茲本南邊很多。」

指著地圖聊著聊著，船很快就抵達迪薩列夫港了。

在上甲板前，從船艙裡就能透過海鳥的叫聲聽出這個港有多熱鬧。被繆里催趕著登上甲板之後，見到的是比阿蒂夫還要繁華的街道。這裡似乎是王國中數一數二的大商港，相信至少能好好吃一頓溫飽，也不必在濕淋淋的船艙裡過夜了。

我在徐徐進港的船上遠望，發現不少船也是整個濕透，在夕陽下閃閃發光。有的船桁歪斜，船員們癱坐在破帆底下休息。看得出那些船也都遇上了那陣暴風雨而躲進這座港，或是運氣好漂過來。

約瑟夫的船從據傳為崇拜黑聖母的海盜根據地——北方島嶼地區，送我們來到這裡，在這當中看起來特別勇猛。

為此誇讚他們，他們卻謙虛地說自己是北方大海磨練出來的水手，暴風雨又容易遠遠就察覺，因此得以提早避開真正的危險才能安然渡險。

在這個溫菲爾王國與教會對立，近期內恐將發展為海峽戰爭的狀況下，能籠絡這群北方水手簡直是天大的喜訊。

而且這一切，都是繆里的功勞。

就在我自豪地轉向身旁少女時，望著港邊風情的繆里卻抓住我的手，力道強到讓人疼痛。

害我以為她看出了我的想法，嚇了一跳。

「怎麼了？」

結果繆里睜大眼睛，眼泛淚光地說：

「有羊的味道！」

緊接著，是一陣來自肚皮下的巨響。

悠哉成這樣，我都不知道該說什麼了。能在這亂世中屹立不搖的人，肯定都擁有一顆這樣的

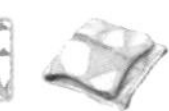

心。

我也回握起繆里的手，吸入滿腔擠滿人和船的港口空氣。

「希望有點熱的能吃。」

繆里看著我，露出連夕陽都要自嘆弗如的笑容。

若問港都迪薩列夫最醒目的地標，一定是那巨大的海角，不會有第二個。形似天鵝昂首，以寬廣雙翼守護其腳邊的港都。

海角上建有高聳的鐘樓與大教堂，吊鐘旁邊燒著篝火，據說一刻也不會熄滅。大多數遇難船隻都會緊抓最後一絲希望，從各地往這裡匯聚。

而且這座港深若無底，可以停泊大型船隻，自然比阿蒂夫活潑不少。從王國北部送來的羊毛羊肉與其加工製品，以及用其盛產的泥炭所蒸餾，烈到點得起火的王國名產酒，都是從這裡出口，來自南方的葡萄酒、小麥等各式進口貨物也會來到這裡。尤其酒類交易量更是驚人，到處都堆放著烙有釀酒廠徽記的酒桶。

既然滿街都是酒，還能養羊，豈有不喧囂的道理。況且這裡的風沒有北方群島那麼強，又不怎麼冷，正適合在戶外飲酒作樂。

在這個夕陽就要落海的氣氛中，戶外行人似乎更紛雜了。

「繆里，不要走散喔。」

緊盯著前方約瑟夫帶路的背影，像平時那樣要牽她的手時，才發現那個少女不在我身邊。

我趕緊喊住約瑟夫，來回左右張望，終於在串燒攤販前找到她嬌小的身影，彷彿恨不得一頭跳進那刺鼻的油脂味和令人垂涎的烤煙裡。

在缺乏土地草木的北方島嶼地區幾乎看不見羊，連豬雞也少。雖然偶爾會有漁民分享一些剛捕到的海獸，可是肉質散得像灌了水，腥味又重，不怎麼好吃。

而溫菲爾王國的羊則是舉世聞名，就連盡可能避免吃肉的我，也為那一咬下就會流出鮮美肉汁的羊肉串直流口水。

繆里沒等我叫人就轉過來，那眼神更是教我難以抗拒。

「啊咕！好燙！啊呼！」

「哎喲，不用那麼急啦。」

繆里當然不會聽我的勸，將熱騰騰的羊肉塞個滿嘴，吃得都快哭了。說不定是真的在哭。

無論如何，那都無疑是代表和平的畫面，使我會心一笑。

能吃到這樣的美食，也得感謝神的恩寵。

再加上陷入暴風雨也能安然脫身，有需要抽空去大教堂徹底禱謝一番。

「來，兩位這邊走。」

約瑟夫也笑呵呵地看著我們的互動，接著帶我們來到中央幹道邊的一角、城裡特別氣派的一座樓房。這裡是約瑟夫所屬商行——德堡商行的會館，我們要在這裡借宿一晚。

面向大道的卸貨場相當寬敞，足以容納一棟小豪宅。因日暮而半掩的巨大木門後，仍有許多商人在忙碌工作。

會館正門就在卸貨場邊，威風八面，絲毫不遜於大木門。門邊掛有德堡商行的徽旗，還點了篝火。出身自深山溫泉鄉紐希拉、見識尚淺的繆里，目瞪口呆地仰望商行會館，說不出話來。

我也因為這會館實在太宏偉，開始擔心我們兩個這樣的旅人是不是真能在這過夜。

「大哥哥，我們會不會被趕去馬廄睡呀？」

畢竟我們的衣服還是一身濕，海水的腥臭味也開始發威了。

只要意氣風發地走入會館的約瑟夫替我們好好解釋，應該是不會有這種事才對。但儘管這麼想，我還是放不下心。等在門口，往來商人與工匠的視線讓人有點難受。

就在寒風吹得繆里打噴嚏，我脫下風衣給她披上時——

「哎呀呀，歡迎二位大駕光臨！」

正門豁然開啟，一名年輕紳士走了出來。他濃密的金髮梳整成漂亮的波浪，十足的貴族樣，且不像靠雙腿賺錢，終日與天平為伍的一般商人，而是專門調兵遣將的典型大商行主管形象。這樣的人物脫下漂白如新的手套，熱情地與我握手。
「我叫艾德溫．斯萊，是這所會館的負責人。」
「啊，失敬失敬。我名叫托特．寇爾，這位是——」
「我叫繆里，受您照顧了。」
她難得這麼恭敬地打招呼，是看在柔軟床舖和溫熱晚餐的份上吧。
斯萊也和繆里握握手，接著就請我們進門。約瑟夫還要打點補給物資的事，和斯萊說了幾句話就往卸貨場走了。
我們就這麼被斯萊帶進屋內，裝飾在石砌門廊的甲冑、巨大毛織壁毯看得我們是瞠目結舌。氣氛與阿蒂夫會館截然不同，簡直是貴族宅邸。候在走廊兩旁的制服女傭，演戲似的列隊敬禮。一眼就看得出這所商行的營收是多麼可怕。
穿過走廊，來到看似與卸貨場相連的大廳。裡頭是司空見慣的辦公室，擺滿一列列帳台。小伙計抱著羊皮紙疊跑來跑去，年邁商人們振筆疾書。
「先換套衣服吧，兩位真是狼狽。」
真的很悽慘，斯萊的玩笑說得我都有點害臊了。
這位外表頗為年輕的會館負責人，向繡了羊圖案的大壁毯下工作的人打聲招呼，以恭敬手勢指示我們。

「麻煩給兩位貴客準備幾件衣服。」

那人往這一瞥就轉身打開直至天花板的櫃門，裡頭堆滿布匹，彷彿全世界的好布都在裡頭。

「那麼，我帶二位到房間去。」

出了大廳，地板就從鋪石成了木板，樓梯設有精心拋光過的銅扶手，嵌於牆面的燭台點著散發柔光的蜜蠟燭。

孩提時代造訪王國那時，還因為羊毛輸出困頓而景氣黯淡。這種事也是說變就變呢。

「話說寇爾先生，我還真想不到您會來到本會館呢，簡直是神的安排。要是迪薩列夫週邊的迷途百姓聽說了這件事，一定會大批湧進城裡爭睹先生您的風采啊！」

上樓途中，斯萊這麼說。

「您真愛說笑。」

我苦笑回答，結果斯萊止步轉身，表情嚴肅地搖搖頭。

「魯維克同盟的大船北上之前最後一次補給，就是在我們迪薩列夫做的。雖然他們隱瞞了真正目的，但明眼人都看得出船上有位高階聖職人員。大家都在猜他們究竟想做什麼呢。」

斯萊口中那艘船，就是與王國對立的教會為拉攏北方海盜而派出的船。船上載著堆積如山的黃金，打著收購奴隸的名義，要將那些窮苦人民當作人質。

「所以有很多人奉各大商行之命到北方去打聽風聲，還在那裡目睹了奇蹟。傲慢的南方大商

行和大主教觸怒了黑聖母而遭到天譴，真是報應啊！」

斯萊激動得像個孩子，舉起雙手大笑，接著以快得腳底能磨出「啾」一聲的速度轉身，繼續帶路。

「當時，他們打聽到除了統馭北海信仰的修士之外，還有另一位聖職人員在其中奔波，但誰也不知道他是誰。後來是約瑟夫告訴我，那個人就是寇爾先生您。」

即使斯萊具有貴族的優雅身段，走起路來還是跟商人一樣快。

他匆匆大步前進，忽然停在一扇門前。

「而且您還是與王族海蘭殿下攜手翻譯聖經俗文譯本，給阿蒂夫貪婪教會的主教嘗到正義之鎚的滋味，為百姓點燃啟蒙正確信仰第一把火的大英雄啊！在王國裡，這都已經是家喻戶曉的故事了呢！」

說起來，我認為自己只是湊巧沾上一點邊，所以聽得是抬不起頭。北方島嶼地區的事就更別提了，九成九是繆里的功勞。

然而我也不能隨便說出實情，心裡很是煎熬，斯萊卻又當我這是謙虛的表現，直說：

「寇爾先生，您果真是名不虛傳。如今在這個靈魂因教宗惡政而久年不得寬慰的這個王國，您已經是活生生的傳奇了。吟遊詩人在酒店唱歌時，還給您取了個稱號呢！」

「稱號？」

斯萊手扶上門，以充滿戲劇張力的動作一把推開，並說：
「叫做『黎明樞機』！希望您能為我們帶來信仰的晨曦！」
不會吧？我很想笑，但斯萊給我們的房間卻讓我笑不出來。
「這是本會館最好的房間！二位愛住多久就住多久！」
這會館約有五、六層樓，光是能留在二樓就讓我夠吃驚了。高層樓房的裝潢，通常是樓層愈高愈粗糙，樓下火爐的煙也都會積在高樓層，可以體驗熏魚的心情。而二樓的房間，通常是樓房主人或賓客專用。
房裡設有豪華壁爐，不必依靠牆內火煙的餘熱。
附帶床幔的大床更是誇張，看得我眼珠子都要掉出來，就連嚮往浮華待遇的繆里也半笑著僵住了。吊在牆上巨大壁毯上，繡著阿蒂夫也見過的手持劍與天平的女神。金錢的力量這五個字，就濃縮在這間房裡。
「二位前往勞茲本之前，若有任何需要請儘管吩咐。我已差人儘速為二位燒洗澡水，這段時間二位不妨先休息一會兒，欣賞欣賞這城鎮的景緻。由於暴風雨剛過，空氣特別清新，城中篝火也像珠寶那樣燦爛呢。出浴後，我們會一併奉上晚餐。長旅勞頓，我就直接送進房裡來吧。二位想用點什麼？」
斯萊口若懸河說了一長串。

眼前房間的奢侈程度令我說不出話，傻愣愣地佇立片刻才反應過來。

「咦，啊，謝謝……那個，只要一點熱食，我就心滿意足了。」

「不必客氣。不過要是妨礙了聖潔羔羊實行節制，那也不好。就這樣吧，我找些『簡素』一點的給您送來。」

說到這裡，繆里用力扯扯我的衣襬。她沒出聲，只用唇形說出「肉」字。看來一、兩根串燒根本解不了她的饞，表情有如已經在北海吃夠了一輩子的魚。

我是很想繼續維持粗茶淡飯，但刻意勉強她跟我受苦，搞不好真的會哭給我看。

「不好意思，可以給這孩子一點羊肉吃嗎？」

「喔喔！悉聽尊便！我馬上拿上好的羊肉來。」

看他答得神采飛揚，我都有點怕他送烤全羊來了。

「請二位稍坐一會，馬上就好。」

斯萊手按著胸深深鞠躬，碰一聲關門告退。

剎那間，緊繃的肩膀全鬆了。

話說這個「黎明樞機」是怎麼回事？

實在太荒謬了。

「雖然不是馬廄，可是這房間放得下一整匹馬耶。」

繆里在寬敞的房間看來看去，開門往更裡頭的房間瞧。

「這對我們來說太奢侈了。」

布袋的東西都被海水浸濕，但烘乾以後還能將就點用吧。

「話說大哥哥，你有聽清楚嗎？」

靠牆放置的座椅上，擺著塞滿羊毛，縫上金線穗子的座墊。繆里一邊戳它一邊笑著說：

「黎明樞機耶，大哥哥變成大英雄了。」

「要是真的當自己是英雄，可是會成為笑柄喔。」

「咦～？有稱號很帥氣耶，就像冒險故事的人物一樣。而且有了樞機主教這個稱號，沒用的大哥哥皮也會繃緊一點吧？」

教會階級中，樞機主教是地位僅次於教宗，舉足輕重。一個人有怎樣的身分地位，就該有相對應的稱號，誇大不實反而滑稽。

無奈嘆息時，有人敲了門，接著小伙計和女傭送大浴盆和幾桶熱水進來。他們接連將手上東西送進房裡，後到的幾個在牆上拉繩，搭帳篷般掛起麻布。

「熱水不夠就吩咐我們一聲，新的換洗衣物都擺在這邊。」

真是無微不至，實在不敢當。最後女傭敬個禮就離開房間。

與他們應對時，繆里已經迫不及待地把衣服脫了一地，迎頭澆下熱水。「真是的……」我替她撿衣服，簾幕後跟著傳來很不端莊的叫聲。

「啊～復活了～」

在缺乏燃料的北方島嶼，洗熱水澡根本奢侈至極。對於在溫泉旅館出生長大，跳溫泉池像家常便飯的繆里而言，或許難受得很。

為啪刷啪刷的玩水聲苦笑時，我發現泡腳桶邊還有塊肥皂。真是太好了，都已經準備用壁爐灰去污了呢。

「繆里，這邊有肥皂。」

「咦，真的？」

繆里掀開簾幕，探出光溜溜的身子。平時我都會轉身迴避，可是今天實在太累，且繆里又表現得很無所謂，我只能抱怨一聲。

「繆里，就不能再矜持一點嗎……」

「大哥哥大哥哥，可以幫我洗頭嗎？」

可是她一個字也不聽，拉拉我袖口這麼問。

「這種事自己來就好了吧。」

「我要忙著洗尾巴嘛。要是洗完頭再洗尾巴，熱水會整個涼掉喔？」

頗具道理的藉口使我不禁扶額，而繆里又笑嘻嘻地說：

「我在北島做了那麼多，大哥哥應該不會連幫我洗個頭當獎勵也不肯吧？」

「……」

在北島，她甚至救了我一命。

都搬出這件事了，我哪有再推辭的道理。

「受不了妳耶……」

「嘿嘿嘿。」

繆里笑嘻嘻地坐回裝滿熱水的浴盆裡。

我捲起袖子，拿肥皂沾點水搓出泡沫，動手替繆里洗頭。

或許是海風吹得太久，原本輕柔飄逸的頭髮變得像狼毛那麼粗。這麼說來，這陣子也鮮少見到她梳頭。應該是髮質變成這樣，梳起來也只會弄痛頭皮吧。

為答謝她在北方的一切，我細心搓出濃密泡沫，輕輕梳洗髮絲。途中見到手底下的繆里為洗尾巴而縮得很難過，引起我的不解。

「妳來洗頭，我來洗尾巴不是比較方便嗎？」

繆里把尾巴抓到前面努力地洗，聽我這麼說而忽然停手，稍微轉過頭來。

接著甩開視線。

「不要，很害羞。」

我還以為她的羞恥心早就埋在深山裡了呢，看來沒這種事。

可是我實在不懂標準在哪裡。

「可以碰耳朵吧？」

傳自母親的三角形尖尖獸耳都垂著，以免泡沫流入耳道。

「那邊沒關係。啊，不要把水弄進去喔！」

「好好好。」

用杓子沖頭髮時，我也按住她的耳朵阻擋水流。等沖走滿頭泡沫，褪色的灰髮便蛻了殼般恢復往日的獨特光采。

不知為何，看著她洗去髒汙，我才終於有徹底離開北方海域，回到一般社會的感覺。

在那見到艱辛的現實，令人不禁質疑自己的存在，痛切體悟自己的無力與軟弱。

還有過從船上跌進漆黑的冰冷大海，身體無法動彈而下沉的瀕死體驗。更可怕的是，我嘗到這世上最重要的人就要死在我面前的恐懼。

接著是獲救的奇蹟。

這幾天的經驗，實在教人不堪回首。

「繆里。」

「嗯？」

聽我一喚，忙著搓洗尾毛的繆里轉過頭來。

「在北島……真的很謝謝妳。」

在那裡，我還狠狠傷了繆里的心。雖想道歉，但感覺這樣不太好。

所以我選擇道謝。結果繆里愣了一下，嗤嗤笑起來。

「以後我會慢慢跟你算，別放在心上。」

正想問「怎麼算」時，她搶走杓子，往我頭上澆水。

快乾的衣服又濕透了。

「總之，我們先一起洗個澡吧。」

「……」

滴著水的瀏海另一邊，是繆里賊兮兮地露出虎牙。

「我啊，可是見到大哥哥掉進黑漆漆冷冰冰的寒冬海水也奮不顧身地跳進去喲？所以哥哥為了我跳進熱水裡，根本是小事一樁吧？」

雖然兩者情況不同，可是見到繆里笑著搖尾巴問：「是吧？」縱有千言萬語，也在成形前崩塌殆盡了。態度堅決的聖職志願者形象，也無影無蹤。

「快快快。再不來洗，水會涼掉喔。」

繆里見我不抵抗，得寸進尺地伸手脫我衣服，完全沒有少女的羞怯或節操。

有的只是不容半分妥協，膨脹得就快爆炸的愛。

「來，在這邊乖乖坐好。」

我老實坐進裝了熱水的浴盆，繆里不知在高興什麼，竊笑著洗起我的頭。那舒服的感覺更教人不甘。

只好繼續抱著腿，怨嘆自己這樣算什麼黎明樞機。

洗完頭以後又經歷波折顛沛、峰迴路轉，總算是和繆里一起洗淨旅途塵垢，穿上久違了的乾爽亞麻布衣物，暢快得彷彿重獲新生。隨後熱呼呼的晚餐也送進房來，夫復何求啊。

不出所料，餐點多得嚇人，而且樣樣精緻。繆里想要的帶骨羊肉，嫩到稍微用點力拿就會骨肉分離，實在教人無法抗拒，便向繆里討了一小塊嘗嘗。那油脂立刻滋潤了我乾枯的身體。

其他還有又白又嫩的小麥麵包、磚頭般大小的奶油、飽滿得快炸開的豬肉香腸、燉雞湯，甜點則是一籃籃的葡萄乾和蘋果等水果。

繆里原本是卯足了勁，要把這些東西全部吃光光。可是她才在北方群島撿回一條命，接著發了幾天高燒，痊癒後還變成狼到處找煤炭礦脈，今天又遇上暴風雨，剛剛還洗了一場吵吵鬧鬧的澡。

才拿起第三塊麵包，她就斷了線似的再也沒動作，不過這樣已經撐很久了吧。她脖子歪向一邊，完全是睡著的樣子，手裡仍牢牢抓著麵包。這份對吃的執著，或許值得一些掌聲。

然而要是她一頭栽進湯盤裡，難得的熱水澡就白洗了。

她對我拿走麵包有點抵抗，但我一抱起她飄散肥皂香的頭，她就整個人貼了上來。像這樣無奈地從椅子上抱起公主，是常有的事。

將她放在填滿羊毛的床，正要離去時，她抓住了我的袖角。

「我哪裡都不會去啦。請人收回剩下的晚餐以後，馬上就回來。」

這樣低語，剛用肥皂洗乾淨的獸耳軟毛就輕飄飄地搖了幾下。

我摸摸她的頭，拉毛線毯蓋過她裸露在外的獸耳獸尾，請人來收拾晚餐。剩了不少，真教人過意不去時。女傭將麵包全裝進布袋後，怯生生地靠近我問：

「能請您祝福這些麵包嗎？」

「祝福？這是……」

我訝異地反問，女傭跟著露出困頓的表情。

「主教他們離開這鎮上已經好多年了，如果您願意可憐我們，就請您發發慈悲吧。」

王國與教會對立，使得教宗對王國禁行一切聖事，也就是聖職人員不得施行任何宗教行為，至今已有三年餘。嬰孩出世得不到祝福，戀人辦不了婚禮，故人的靈魂也得不到葬禮的寬慰。

即使不看這些，人生在世總有想找個寄託的時候。或是家人健康出狀況而臥床不起，擔心遠地工作的親朋好友是否平安，擁有不可告人的煩惱，或面臨重大抉擇時，需要一點前進的力量。

會送上擺明吃不完的餐點，其實不僅僅是表達歡迎之意。慣例上，傭人會分享賓客沒動過或吃剩的食物，而受過聖職人員祝福的食物即有神聖的力量。病患可以當藥吃，心有不安可以當護身符。斯萊的過人之處，可不只是身段誇張而已。

於是我當作是支付住宿費，祈禱所有食物都能獲得神的祝福，也對在場所有女傭祈求健康與和樂，安慰家人遭遇不幸的人，甚至替她們臨盆在即的親戚祈求安產。

我並不是正式的聖職人員，真要說起來，這樣的行為並不值得提倡。擅自施行聖事，惹來異端嫌疑也不奇怪。

可是我認為既然眼前有人求救，只要是我能做的，自當在所不辭。她們都表情懇切地稱我為樞機主教，甚至有人在我祈禱後感激涕零，讓我更不能見死不救。

雖然在北島體認到光靠祈禱無法解決問題，但既然她們要的只是祈禱，滿足她們又何妨。

而且，她們也使我強烈感受到不能只是盲目地消滅教會。

因為儘管教會在教宗與王國對立前就存在許多問題，他們仍無疑為這城鎮人民的靈魂提供所需的慰藉。

送走最後一人後，疲憊的我再次篤定改革教會這龐大組織的決心。

不過呢，這也得等睡過一覺再說。我打了個想憋也憋不住的呵欠。只憑對信仰的熱情，難以消除身體的疲勞。

以甘甜葡萄酒滋潤發啞的喉嚨後，我便吹熄蠟燭。迪薩列夫的夜生活持續到很晚，大道上的篝火光探入木窗縫隙，讓我沒踢中任何東西就來到床邊。

接著小心地不吵醒繆里，悄悄鑽進同一條被子底下。結果繆里忽然抓住我的領子，臉慢慢湊過來。

「……你們……弄完了？」

她說得像夢話一樣含糊，眼睛也沒睜開。

感覺不是執著於哥哥上床前不能睡著，就只是想對噪音抱怨一聲。

無論如何，我莞爾一笑地說：

「完了，今晚我們就好好睡一覺吧。」

「……嗯。」

不知那是回答，還是她的鼻息。

繆里眉間撫平，手也放鬆力氣。似乎好久沒見到這麼安詳的表情。

真是一張充滿稚氣，我熟悉到不能再熟悉的睡臉。

「但願神眷顧妳未來的路途。」

這是我今天最懇切的祈禱。

繆里的獸耳抽動幾下，稍一扭身，又發出細細鼻息。

我也在她身旁闔眼，霎時墜入夢鄉。

昨晚女傭們的神情，使我做好了心理準備。隨日出下床，要到中庭井邊汲水洗臉而開門時，發現有三個女傭抱著臉盆守在那裡。想當然耳，我在洗臉前先問了她們有何需要，祈求神的保佑與祝福。

每當有人來添補壁爐木柴、清理蠟燭餘燼、準備早餐，我就得聆聽他們的煩惱。到這時候，繆里也似乎耐不住我們的聲響，不甘不願地起床。

眼見人來了又走，走了又來，她才總算明白今天恐怕不得安寧，開始生悶氣。

早餐過後，布商帶著自己的裁縫師，一行四人要來替我們調整衣服尺寸。若在平時，一定都是繆里左一句「大哥哥，這件好不好看？」右一句「這件是不是比較好？」問個沒完，可是手拿布和針線的商人和師傅動作都比她快。其中三個正在替女兒找夫家，另一人的老父母身體欠佳。

願神指引、保佑他們。

輪到更換寢具和打掃房間的人進房時，繆里已經帶著枕頭和毛線毯躲去鄰房了。

不過，他們來我房間的藉口再多，應該也剩不了多少，可以清靜一下了。然而才剛這麼想，某個鬼靈精就想到送聖經進來，隨後羽毛筆、削筆刀、墨壺、吸墨沙和羊皮紙等想得到的東西全來了。不分商人傭人，一個個從卸貨場找東西送上來。當然，還帶著滿滿的心事。

譬如經營不順、家門不幸、兒子要出航、孩子要出世、牙痛腰痛。甚至公雞不啼、西方雲況不祥，一天見到三次黑貓經過面前，而這些清一色都是年邁女傭。

人數多到我都要忘記哪個人用什麼藉口來敲門，每個都是介紹自己的故事，然後請求與神的聯繫。

每個城鎮都一定有教會，有祭司、助理祭司，大一點的教堂還會設置主教，底下有許多聖職人員替他工作，分擔人民的煩憂。少了他們，問題可不小。信仰絕不是百無一用，管理信仰的組織有存在的必要。

身為神的奴僕，我自然對這件事頗有感慨，但是繆里對信仰沒興趣，只會埋怨我陪不了她吧。現在肯定是在鄰房咬著牙睡悶覺。

即使一個接一個地傾聽人們的煩惱，讓我為自己有所貢獻而欣喜，做起不習慣的事還是特別累人。然而一想到他們都是來向我求救，我當拿出全部心力面對他們。直到開始不曉得自己究竟在說些什麼時，人潮終於告一段落。原因沒有其他，只因為斯萊來訪。

「好像有很多會館的人來打擾您呢。」

儘管他表情充滿歉意，我也毫不認為他會阻止他們繼續來找我。

「沒關係……這房間很大。」

他多半是早料到會有這種事，才給我們最大的房間。

斯萊對我的言下之意淺淺一笑，又忽然繃起臉說：

「自從教會再也不敲鐘，轉眼就是三年。祭司他們在那之後還待了一陣子，最後還是幾乎都渡海到大陸去了。這鎮上除了海角上的大教堂之外，還有三個頗具規模的禮拜堂，可是門窗都用木板封死；工匠和商人公會自己的禮拜堂，也從那天空到現在。」

王國的現況，我在紐希拉就時有耳聞。但是聽人敘述的感受，與接觸現場氣氛當然是截然不同，這和健康時難以想像感冒有多難受是相同道理。

不過我還是有個疑問。

「留下來的聖職人員是怎麼生活？應該不會全都離開吧？」

斯萊聽了高高聳肩。

「溫菲爾恐怕到處都有教宗派來的密探。要是敢無視教宗命令，繼續為人民祈禱，那就等著瞧了。一旦教宗方勝利，就別想回到原來的位置。地位愈高的人，就能潛伏得愈久。而地位低的人沒有財產，少了聖祿就無法在這裡活下去了。」

「人們的樂捐呢？」

話問出口，我才想起一個巴掌拍不響的道理。斯萊點頭說：

「敢接濟教會聖職人員的人，都會被當作替教會做事的賣國賊。就個人立場而言，只要有扇能與神對話的窗口，是教會還是其他組織都好。但要作個好市民，可就沒那麼簡單了。」

就這樣，信仰的雨露從鎮上消失了。

「寇爾先生，您此行在阿蒂夫造成的進展，真的是我們全國百姓企盼已久的佳音。這場王國與教會不知何時能了的對峙，終於進入新的階段。無論最後如何演變，總之所有人都巴望著一個結果。當然——」

斯萊補充道：

「我們已經受夠了教會的蠻橫，都希望王國是最後的贏家。」

無論戰爭形式為何，受罪的都是無辜百姓。

「只要能緩解各位的困境，我寇爾在所不辭。這本來就是我離開故鄉的目的。」

我是個外國人，且沒有正式聖職人員資格，但人們卻相信我能將他們的聲音傳達給神。

看來我處在一個非常方便的立場。

「謝謝您，也感謝神送您到我這裡。」

此後，斯萊差人送來午餐，繆里也被香味引出房間。原本還嘟著嘴，見到滿桌好菜就立刻堆滿笑容，現實得令人興嘆。

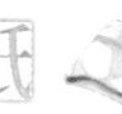

「對了，聽約瑟夫先生說，二位是兄妹結伴下山旅行？」

繆里保持右手抓麵包，左手叉著豬肉香腸的姿勢看看斯萊，再看看我，然後失去興致似的咬一口麵包。大概是交給我說明的意思吧。

告訴自己待會兒一定要好好訓導她之餘，我答道：

「我們沒有血緣關係。下山前，我都是在旅館工作，而她就是旅館老闆的女兒。我平常負責看管她，還要充當家教，可是您也見到了，這丫頭野得很……平時沒事就嚷嚷著想下山看看，結果還真的躲進我的行李跟來了。」

繆里繼續默默地吃，腳卻在桌底下踩著我的腳不放。

「可是她在這段旅程上也讓我明白許多過去不懂的事，我很感謝她。」

繆里的手停了一下，往我看來。我回以微笑，她就略噘著嘴轉向一邊，腳還是踩著不放。

「這樣互助互惠的關係真教人稱羨啊。」

斯萊笑了笑，擦擦嘴說：

「關於接下來的安排，有件事想先請教您的意思。我身為本會館之主，有義務關切員工心靈是否安和，同時也非得為留宿的客人著想不可。」

剛開始猜測他想說些什麼，他已經接下去說了。

「只要您待在這房間，恐怕就會有見不完的訪客。想出門散散心時，請隨時通知我一聲。尤

其是您這身聖職人員的裝扮，說不定會引來意想不到的麻煩，我會替您準備工匠的服裝。」

「感謝您如此費心。」

「哪裡。多虧有您，會館員工臉上又充滿了朝氣。現在商行之間競爭激烈，只要他們恢復光彩，一定能拉開差距。」

「那真是太好了。」

不知這話裡開玩笑的成分有幾分，但我想那應該是實話，同時也是真心為我設想。

「所以您怎麼說？吃完這頓飯，等我一走，會館的人又會來個沒完。」

「呃……」

逡巡之中，坐在身旁的繆里不耐地拉拉我的衣襬。

她想上街逛逛。

「不好意思，其實我也有點事要找約瑟夫先生，能借我一套外出服嗎？」

「當然沒問題，請稍待片刻。」

斯萊拍個手，候在房外的傭人便默默進房來。

他們畢恭畢敬地對斯萊的指示一一頷首，途中繆里插了嘴，表示想自己挑。聽了她的任性要求，斯萊反而更高興了。

雖然很受不了她，可是想到她在北島那個充斥地鳴般的浪潮聲和陰鬱風聲，此外可說是什麼

也沒有的地方忍耐了這麼久，就只好隨她去了。

看著她興奮到耳朵尾巴隨時會跳出來的樣子，我還真想讓她一個人去逛街算了。這時，繆里忽然轉向我。

「怎麼了？」

那雙注視著我的泛紅琥珀色眼眸，散發著傳自母親的深遠智慧之光。

「你打算叫我自己去逛街對不對？」

我都還摸不清神的真義，繆里已經把我看透了。

「是沒錯，不過妳不會那麼做吧？」

可是對於繆里，我也有相當的了解。

「當然嘍！」

繆里笑嘻嘻地牽起我的手，勾住指頭。

即使有時熱情難當，她這麼喜歡我，總歸是件令人高興的事。

「因為沒有大哥哥在，想買東西吃的時候就麻煩了嘛。」

早就猜到的我笑著嘆口氣，繆里又嗤嗤笑起來。

所謂人不可貌相。在聖經裡，人們總看不出偽裝成人的神或精靈，聖人也總是被當作騙徒。到頭來，身分地位都是取決於身上的衣服。

然而這樣的普世觀念，我卻怎麼也無法接受。

「大哥哥真的穿什麼都不像樣耶。」

繆里已經不是嘲笑，一副真心不懂的臉。

「……妳完全是個工坊的小伙計呢。」

她穿著長袖衣服，以及以粗毛線織成，以耐用見長的褲子，還有可以掛工具的厚纏腰。最後再簡略盤起頭髮，立刻就變成頭髮較長的工坊見習生。

而我雖然也穿著類似的服裝，可是替我準備衣服的商人也不禁偷笑。

「乾脆扮成商人如何？說您是鎮上的年輕老闆，應該會有人信吧。」

結果我穿起來就是不搭，還是適合筆墨性質的服裝。

經過一番折騰而終於上街後，繆里每經過一個小吃攤就吵著要吃……的事並沒有發生。應該是吃過午餐的關係吧，好奇心比食慾強多了。

經過工匠街時，她眼睛都亮了起來。

「大哥哥你看！好大的鍋子！可以一次煮很多東西耶！」

「那是鍋子沒錯，不過叫做釀造鍋，用來把麥子做成酒——」

「大哥哥，那個也好厲害喔！有賣怪怪的槍耶！」

「那不是槍，是用來串起豬或羊，直接架在爐火上烤的東西。人要抓著那個鉤狀的把手慢慢轉，肉才會烤得均勻——」

「哇，天啊！那是皮草店？薄成這樣，穿起來會暖嗎？」

「妳在阿蒂夫也看過了吧？那不是用來穿的，是製作羊皮紙的原料。往四面八方拉開並且曬乾——」

「大哥哥大哥哥！你看那邊！」

就像這樣，繆里每次都不等我說完就往下一間店跑。可是當她再度見到同樣東西，都還記得我作的介紹，真服了她。即使看似什麼也不想地跑跑跳跳，她仍以驚人速度吸收這世界的一切。

逛著逛著，我們從工匠街走進了住宅區，而繆里也忽然噤聲了。她靜靜地望著前方，呆立不動。

接著應該是下意識地緊抓我的手。

當繆里好奇心的天平傾斜過頭，就會這麼安靜。

她所望之處，迪薩列夫住宅的屋簷下，有些女人和小孩正在搓羊毛線。

工匠街的作業行為幾乎是在鋪子裡進行，這裡則是沿路擺放工具，面向道路的門窗也敞開著，從路上做到家裡頭。分不出哪裡是住宅，哪裡是作業場。有人將東西放在兩端綁繩的木板上，從窗口吊上吊下，有人將麵包窯用的大鏟伸進鄰居窗口接送材料，看起來有點滑稽。

彷彿在南國曾經見過的，以整個鎮為舞台的戲。

「好厲害喔……」

是這裡的氣氛讓繆里如此呢喃的吧。

道路中央鋪了好大的墊子，上頭堆著一座羊毛山。幾個小女孩探頭進去挑除雜物，背後較年長的孩子，用耙子一次又一次地梳理毛向。

家家戶戶牆邊都擺著類似曝曬台的東西，女孩們紛紛踮起腳鋪上羊毛，並給置於高處的羊毛一一綁上鉛錘，應該是搓毛線的準備工作吧。那作業需要長得夠高才行，因此做這部分的全是比繆里稍長幾歲的少女，且吱吱喳喳聊個不停。

穿過了幾乎沒地方下腳的喧囂，我們來水道邊。城裡還有幾條這樣的水道，大路上沒見到的男孩聚集在這裡，以掛在滑車上的麻繩提起鎚子，敲打置於水槽裡的毛織品。這工序叫做氈縮。

旁邊還有人將羊毛裝進木桶，灑上水、灰與某些藥劑，用棍棒攪拌清洗。洗完後，吸飽水的沉重毛織品交給另一批孩子踩踏，再交給另一批孩子攤開曬乾。

為了搬運各工序所需材料，有些年紀較大的孩子背的麻袋甚至比自身還要大。

「像螞蟻窩一樣耶。」

繆里極其感佩地讚嘆。我也覺得很像。

「這是勤勞的象徵呢。」

「……不准講大道理喔。」

繆里一副捅了蜂窩的臉，很刻意地搗起耳朵。

「我才不會。在北島，妳做了非常多。」

繆里懷疑地往我瞧了一會兒後，總算明白我不是哄騙她，展顏一笑就往我的手抱來。

「他們做得真的好認真，而且樂在其中的樣子呢。」

人們活力充沛的模樣，甚至使我低聲感嘆。

「好熱鬧喔，不輸紐希拉耶？」

繆里難得說出這種話。說不定是離開了紐希拉一陣子，開始有點思鄉了。

「可能是差不多熱鬧吧，因為紐希拉老是在辦宴會。」

相對地，這裡是充滿各種工作的動靜。無論城裡哪個角落，屋簷下、小巷裡，都有人忙著加工羊毛，且彷彿打從心底樂於工作。

我也不排斥工作，可是城裡人們的氛圍和我做事時不太一樣，感覺很奇妙。

四處飽覽這樣的景緻後，繆里問：

「啊。對了，大哥哥，你不是有事要辦嗎？」

「差點忘了。我得去見約瑟夫先生一面……」

說到這，我不禁盯著繆里看。

「嗯？怎麼了？」

繆里也錯愕地回看我，我跟著笑出來。

「難得妳不是催我帶妳去玩，而是要我辦正事，我好高興喔。」

她聽得眨眨眼睛，表情疑惑地回答：

「因為事情不做完，要是跟你討東西吃，你搞不好會說『還有事要做』之類的唸我啊。肚子差不多快餓了嘛。」

「……」

這算是有所成長嗎，真教人難以判別。

不過我是真的有事要辦，便往港口方向走。鎮上熱鬧，港口更熱鬧。原來昨天下了場西北雨，人還算少的呢。我緊緊牽住繆里的手，又推又擠地好不容易抵達要找的船。

船似乎正在裝貨。出入的人像蟻窩的螞蟻那麼多，忙得我都不知該不該找約瑟夫了。結果很幸運地，約瑟夫正好在這時把頭探出船緣，仔細查看船的側面，並在抬頭時發現了我們。

「寇爾先生！」

約瑟夫起身喊我，再向身旁的男子交代幾句話就匆匆下船來了。

「怎麼來啦？在會館遇到麻煩了嗎？」

他表情凝重，可能是認為地方是他介紹的，出了事也有責任吧。真是個重情義的人。

「怎麼會呢，簡直好得不能再好了。」

所以我先讓他安個心再切入正題。

「我來是想問，大概什麼時候可以出航去勞茲本。」

雖然有點對不起約瑟夫，倘若時間會有耽擱，我就得另外找艘船了。騎馬走陸路也得納入考量。

「說到這個出航嘛，快則三天，如果發現問題要臨時處理，沒準要七到十天左右。」

約瑟夫轉身看著船，過意不去地說。繆里也一起往船下方看，發現有幾個人從船邊吊下去，似乎在檢查船身狀況。

「其他船也暫時不會出航吧。暴風雨的餘波還在，近海風浪大，海流也變得很快。如果您考慮騎馬，更是勸您不要。地圖上看起來很近，只隔幾座山，可是現在積雪還沒融化完，海路絕對比較快。」

儘管無奈，也只好接受現實了。

「迪薩列夫是個好城市。您就趁這機會好好休息，為下個工作養精蓄銳吧。」

怪罪約瑟夫也沒用，海蘭的信上也沒要我趕時間。

「就這樣吧，這或許是神的安排呢。」

約瑟夫稍微鬆口氣似的微笑，接著又說：

「對了，剛才有個人來打聽您。」

「咦？」

在紐希拉工作時，我也認識了王國的客人，但我不認為他們會知道我在這裡。約瑟夫對驚訝的我聳聳肩說：

「那個人沒說出您的名字，只是問在北方地區大力推動改革的聖職人員是不是搭我們的船，可能是這兩天聽說您傳聞的人吧。乘客和船員的嘴，畢竟是封不住的。」

斯萊也說過這種話，想不到這麼快就成真。

「我不覺得你們認識，所以就敷衍兩句打發掉了。您今天換這套衣服，還真是換對了呢。要是讓人知道您就是寇爾先生，事情說不定會變得很麻煩。」

我低頭看看自己的裝扮，身旁的繆里也毫不客氣地盯著我瞧。

現在至少沒有聖職人員的樣子。

「名聲就是力量，會有很多人想利用這種力量。」

「感謝您的忠告。」

「哪裡，應該的。」

對不諳世事的我而言，建言還是老實聽從的好。

然而對於會有很多人想利用我這件事，我仍不禁有些懷疑。他們會想利用我做些什麼？如果要找人解釋神學書，我是樂意之至。

「總之我今晚會到會館露個臉，我們就和斯萊先生喝幾杯吧。這個鎮上有間我很愛的釀酒廠呢。」

約瑟夫背後，已經站了一排的人等著請示他的意思。

耽擱他們工作就不好了。

「好，就等您來。」

於是我這麼回答就告辭了。

來時路上光是前進就很辛苦，不過在港邊走了一會兒後，開始看得出人潮動向，輕鬆多了。

見繆里四處張望個不停，我忍不住問：

「有找到好吃的東西嗎？」

結果繆里愣了一下，雙眉淺豎。

「我是在看有沒有壞人想打大哥哥的主意啦。」

原本應該是由我這樣的成年男性來保護年紀尚輕的女孩，結果現在卻無法反駁白眼瞪我的繆里。

「走散會很危險，注意一點喔。」

這麼一來，真不曉得是誰在牽誰的手了。

不過我並不覺得她自以為是。

「那就麻煩妳嘍。」

聽我這麼說，她立刻堆起燦爛笑容，露出一口白牙。

「包在我身上！」

繆里興奮得耳朵尾巴搞不好會跑出來，然後在人潮洶湧的港口正中央忽然站定，抬頭仰望。

該不會有天使要降落在仰望天空的少女身旁吧。我跟著望去。

「大哥哥，我想到那上面去！」

繆里伸手所指之處，即是為海上迷途船隻提供光明，也替人民點亮信仰之光的海角大教堂。

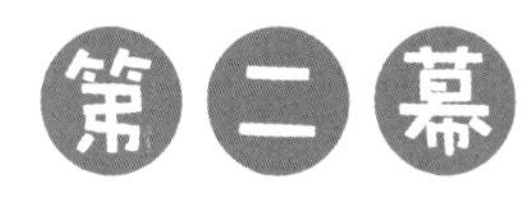
第二幕

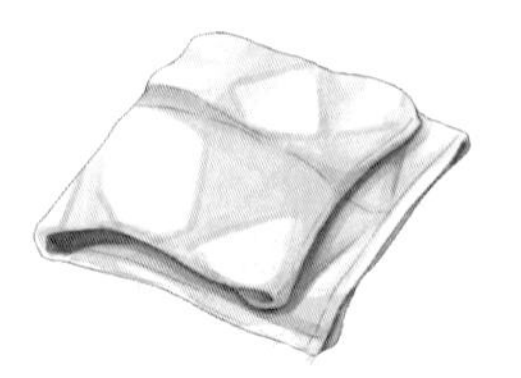

從港口到海角大教堂的路上，繆里的心情好得不得了。

「大哥哥！快點快點！」

不知疲勞為何物的少女飛也似的跑過石階坡。設置於柔軟青草地上的石階似乎已經被人踏了數百年，幾乎要整個沒入土裡了。有部分凹陷，也是無數人踩出來的結果。

可是，如今一個人也沒有。海角下的乞丐們告訴我，自從王國與教會鬧翻之後，人們就不再上這座教堂了。據說過去，只要拿些大道理刺激往來信眾的信仰心就有不少施捨。

雖不知他們現在是怎麼過活，不過從他們圍著鍋子喝裝滿小魚的湯來看，似乎有不少魚雜能吃，不愁挨餓。

我布施幾枚銅幣，急忙跟上繆里。

想當然耳，繆里這麼興奮不是來自信仰的熱情。

坡道才走到一半，轉頭就可盡覽整座迪薩列夫和寬闊大海。

對山上長大的繆里來說，這肯定是足以令她心醉的景色。

「不要摔下懸崖喔！」

我姑且叮嚀一聲，但她當然不會理我。她一路跑上石階，靠近那座我遠遠看就心驚膽跳的懸崖，俯瞰底下街景。

當我開始咒罵自己體力不濟時，大教堂所在的海角尖端終於到了。

雄偉的教堂前方有一小排木造屋舍，頗有門前市場的味道。一旁還有露天爐堆，以及看似曾經擺放桌椅的土台。從前人們上大教堂參拜之後，就會坐在這裡休息，吃點東西吧。

不過爐堆已經很久沒有生火的痕跡，桌椅也一張不剩，每間屋舍都拉下了鐵門。

教堂周圍十分冷清，沒有一點人煙。

「大哥哥，這裡風景好棒喔！」

繆里對教堂全然不感興趣，為海角上的美景亢奮不已。她在阿蒂夫看到這種教堂還會讚嘆幾句，可是現在她心裡，兩邊都只是很大的石造建築吧。

劃分得這麼粗略又乾脆，令人不禁發笑。

不過鎮上的人並不會都和繆里一樣，大教堂會這麼冷清的原因，斯萊都說了。上海角的路多半從鎮上每個地方都看得見，當地人走上來一定很快就傳得眾人皆知。

換成我這個外地人就沒問題了。燭台有火光，表示仍有人進出。於是我走向大教堂緊閉的正門，想多少打聽點這裡的故事，結果發現——

「紙？」

大教堂門上貼了很多紙。不是羊皮紙，只是破布製成的便宜貨，密度卻高到遠看會以為是花紋。

大型教堂或教會各有相對於其民情的特色，所以這也有它的緣由吧，但上前查看的結果卻教人錯愕。

——死高利貸！下地獄去吧！

竟然寫了這種話。

再往旁邊看也都是充滿責難與憤怒的言語，例如「把我的財產還來」，「回頭是岸」等，貼滿整扇門。風一吹就沙沙作響，更添寂寥，和熱鬧的城鎮完全是兩樣情。

從斯萊對教會的蠻橫那麼憤慨看來，這些紙都是在王國與教會的對立激化時貼的吧。仔細一看，每張都已經變色，快要散了。

或許人們貼這些紙不一定是表達憤怒，而是覺得有義務表示自己也是這城鎮的一分子呢。

大教堂一點門縫也沒有，且感受不到人的動靜。

但即使不提這些，這也不是歡迎訪客的狀況。

於是我放棄詢問，回到欣賞風景的繆里身邊。

「大哥哥，這個世界真的好大喔！」

繆里注意到我接近，對著廣闊大海這麼說。在紐希拉那種深山地方，無論爬上哪個山頭，視野都沒有這麼開闊。

而且不管往哪裡看，都是一望無際的汪洋大海。

海角朝西，大陸在反方向。我想起約瑟夫的船向南行時，曾喊道船可能會被沖到西邊去。

在那片天海交融的水平線彼端，依然是無垠的海。

這使我感到一種無法言喻的敬畏。或許是以為自己不小心窺見了創世主的深淵。

往大海遠處望了一會兒，有陣風冷不防從海角底下猛然吹來。

體重輕的繆里險些跌倒，我趕緊抱住她。

「沒事吧？」

「啊哈哈，好強的風喔！海就是需要風的觸摸呢！」

她完全沒想過被吹向另一邊會發生什麼事吧。繆里樂得咯咯笑，輕巧溜出我的臂彎。

然後才終於注意到海角上有建築物似的，愣愣地抬起頭。

「大哥哥我問你喔，這也是教堂嗎？」

「……」

若想讓繆里也跟著信神，或許會是一大工程。

「是啊，這是大教堂。裡面好像有燭台，想看看嗎？」

「這裡好像有不熄的篝火嘛？我已經聽約瑟夫叔叔說過很多燭台的傳說了。」

約瑟夫是出身於北方島嶼的討海生意人，又喜歡說話，可能真的對繆里說過不少海上冒險故事。

「話說回來，能在這種地方蓋這麼大的教堂，還真是厲害耶。」

「這就是信仰的力量。」

這樣的回答讓繆里咧嘴作鬼臉，接著轉一圈查看四周。

「不過蓋在這種地方，我還滿喜歡的。」

雖然頗為冷清，在今天的好天氣彌補下，感覺心曠神怡。

這地方可能真的很適合朝氣蓬勃的繆里。

這時，右手忽然有股溫暖。

低頭一看，繆里手牽了上來。

「結婚典禮辦在這裡不錯喔。大哥哥，你覺得呢？」

還巧笑倩兮地說出這種話。我看看難得說話像個女孩的繆里，再看看教堂和海彼方，最後視線又回到繆里身上。

「我也覺得這裡是個好地方喔？」

「討厭，不關自己的事一樣。」

對繆里的不滿感到疑惑後，我才發現她在說什麼。

覺得不妙而想換個話題時，已經太遲了。

「我只喜歡大哥哥一個，還會跟誰辦結婚典禮呀？」

說法直得沒有懷疑、敷衍或裝蒜的餘地。這裡是斷崖環繞的海角大教堂，說不定她純真地蹦蹦跳跳全是裝出來的，一開始就是打這個主意而來。

從她從容且質問的眼神，能看出我並沒有多慮。

「大哥哥，你是不是以為靠北島那些事就可以矇混過關吧？」

她說得一針見血，直截了當。

「不，絕對沒有這種事……」

無法忍受繆里的注視，是因為我有愧於她。

繆里是將我當男性來喜歡，而不是兄長。

一開始，我以為那單純是因為我是她最親近的男性，可是她一往情深，甚至真的願意捨棄生命。她比誰都認真。

但我當時並沒有給她明確的答覆。嘴上說不能接受她的愛，卻又不強制結束我們的旅程。繆里是個聰明的女孩，假如我真的有意拒絕她跟隨，她一定會乖乖離開。

沒那麼做，是因為我仍有迷惘。

「還是說，大哥哥討厭我？」

繆里的眼忽然滿是傷悲，讓我頭都痛了。就算她真的難過，這表情也明顯是她刻意為之，好激起我的罪惡感。

並想藉此慢慢破解我的防線，把我逼到無路可退。

她狩獵的技術，可是母親賢狼赫蘿的真傳。

「大哥哥？」

不給喘息的逼問，使我不得不回答。

「……如果要說討厭還是喜歡，那當然是喜歡。」

「那就娶我當新娘吧？」

而且根本不是交易。她要用盡全力抓住我，狠狠咬一口。

就某方面而言，那想法純粹得教人敬佩，可是我的答案還是一樣。

「不可以……」

「為什麼！」

我退一步，繆里就逼近兩步。

離開北島後，她不曾挑明談這件事，似乎只是沒有機會罷了。

「哪還有為什麼……我和妳——」

「沒有血緣關係啊。」

她斬釘截鐵地說。

「而且大哥哥也還不是聖職人員，所以這邊也沒問題。」

並先一步戳破我的藉口。

「以後，可能會是……」

「我聽說到時候再離婚就好了呀。」

是誰這麼多嘴啊！我不禁在心中吶喊。

繆里的眼緊盯著我，片刻不離。沉默流經我倆，只有風呼呼地吹。

見到繆里生氣的臉透出壓抑不住的哀傷時，我急忙開口：

「先等一下，不要那麼快下結論嘛！」

「要是不這樣，你就會一直拖下去嘛。」

雖想否認，但我也覺得自己是個優柔寡斷的人。離開紐希拉下山旅行後，我學到世事的變化真的難以預料。光是回想在北島落入漆黑的冰寒大海，真心覺得自己會就此死去時的感受，就不禁直打哆嗦。

我不想沒給繆里一個交代就撒手人寰。

但姑且不論這部分，我就是忍不住想這麼問：

「就不能維持現狀嗎？」

繆里當我是兄長一樣崇敬，而我當她妹妹一樣傾注最大的愛。

過去都是如此，往後應該也能這樣才對。

「有句話我先說在前頭。假如，萬一，我們真的結婚了，我就不會讓妳就隨便耍任性嘍？而別說結婚以後——」

「我都知道啦！大哥哥笨死了！」

繆里氣得罵人，我卻半信半疑。

她真的懂嗎？若成為戀人關係，會面臨很多不同以往的事。我怎麼也無法接受這份感情，原因就出在這裡。

無論再怎麼疼愛繆里，她都是叫我「大哥哥」的人。用「那種眼光」看一個打從出世就認識的女孩，感覺非常不道德，光是想像就受到罪惡感的苛責。而繆里似乎察覺到我的苦惱，挺起胸說：

「大哥哥想對我怎麼樣都沒關係！」

她說得這麼有男子氣概，都讓我臉紅了。

然而不管我怎麼看，她那麼說根本不是因為男女之情高到某種程度的表現，就只是從出生就跟在我身邊，所以無所謂而已。不僅如此，繆里的態度和小時候實在太接近，我沒注意到她對我的感情，應該就是這個緣故。

沒錯。繆里跟仍是妹妹的時候一模一樣。

要我把仍是妹妹的她當女人看待，實在教我不知所措。

「大哥哥對我有哪裡不滿意？」

這問題聽起來不像策略或談判的步數，而是真心不懂。

我對繆里並無不滿。無論哪個男人娶了她，都一定全世界最幸福的人。

所以問題不是不滿，而是其他。

「我不是不滿意……只是沒辦法突然改變對妳的看法。蘋果就是蘋果，不是葡萄。」

「可是我對大哥哥是真的——」

「那好吧。」

在繆里激動辯駁時，我打斷她的話。

這樣的確是沒完沒了，擱置這個問題絕不會有任何益處。

「我在北島欠了妳一份很大的情，而且當然不是我想還就還得了。不過為了妳，我願意做一切努力。」

結果繆里聽了很不舒服，表情厭惡。

「……如果你是這樣才喜歡我，那個，我也不要。」

當然，我也不會只因為欠她情就和她談戀愛，這樣反而對不起繆里。

所以我要說的是另一件事。

「不是。我只是想用自己的方式來努力，需要妳提供一點協助。」

「我？」

繆里錯愕反問。

「對。對我來說……就是，現在的妳實在太接近妹妹，讓我怎麼也改變不了這個想法。所以……」

「你要我變得不像妹妹？」

繆里不解地問，眼神像在懷疑我是不是又想耍小聰明虛應故事。

「所以要怎麼做？要我淑女一點？」

我的確很希望這樣，但她又錯了。

「就是，更總體性的層面。妳想想看，像稱呼就是一個。」

「稱呼？」

「變成情人關係以後，繼續叫我大哥哥不是很奇怪嗎？」

「咦？啊，這個嘛……嗯，有點。」

「可是我也無法想像妳用其他稱呼，因為妳從來不曾用大哥哥以外的方式叫我。這麼一來，我也無法想像自己不是妳哥哥會是什麼樣。」

這和村民忽然叫我黎明樞機，會讓我覺得難堪是同樣道理。稱呼如同人的衣服，而衣服會決定一個人在他人眼中的地位。

現況就像我自己一樣，穿其他衣服都很不像樣。總覺得在繆里面前，我的形象除了「大哥哥」以外都不合適。

繆里也覺得有道理似的點頭。抬起頭時，表情非常爽朗。

「改稱呼就好哇？簡單啦。」

可是要繆里改叫我名字，也是怎麼想怎麼怪。她會直接叫我托特嗎？叫托特哥的感覺又太乖巧，很不像她。托特公子又太優雅，像個貴族千金。還是說，她會學父母那樣叫我寇爾呢？

她再怎麼樣也應該不會叫我寇爾小鬼，像商人或旅館客人那樣叫我寇爾先生又太見外，寇爾閣下則根本是騎士故事裡的騎士與少女。

不管怎麼想，每種都覺得很奇怪。

繆里究竟會怎麼稱呼我呢。

難猜到我都開始好奇了。不過左等右等，就是等不到她開口。

「……怎麼啦？」

繆里保持「簡單啦」的表情愣住到現在，被我一問才回神。

「呃？咦？啊，嗯，就是要用大哥哥以外的稱呼叫大哥哥吧？」

她掩飾地笑了笑，然後又愣住了。難得看她眼睛飄來飄去。

「唔唔……咦？奇怪，怎麼會呢？這不是很簡單嗎……」

會有這反應，恐怕是在腦中套用了所有想得到的稱呼，卻沒有一個踏實。

「……這樣妳了解我的意思了嗎？」

「等等！先等一下！」

繆里喊停之後閉上眼睛念念有詞，看得出來她正在拚命地想。

不可否認地，見到她這樣子，讓我多少有報了一箭之仇的低級滿足感。對一個人的印象，可不是能夠說變就變。

「唔唔唔唔……這樣、可是……寇……托……！」

她糾結成這樣，是打算用名字稱呼我吧，但怎麼也不喜歡。她抱頭苦思，兩手蓋著紅通通的臉扭來扭去。

最後從手臂縫隙間怨恨地朝我一瞪，撲了過來。

「唔～！臭大哥哥！」

她緊抓著我，頭擠在我胸口上用力大叫，彷彿要把這句話直接喊進我心裡。興奮得冒出來的耳朵和尾巴，像掙扎的蛇般甩來甩去。

我無奈地將手繞到她背後，結果她按胸推開了我。

「不、不要以為這樣就能打發我喔！」

雖然繆里急得眼角都要冒煙了，不過她還是知道自己講的話有點蠢吧，沒什麼氣勢。在她懂事前，說什麼就乖乖聽什麼的時候，她也鬧過這樣的脾氣，令人不禁回想從前。

繆里見我泰然自若，似乎感覺很不是滋味，咬著下唇低吼起來。

接著要往我胸口撞似的屈膝一蹲。

就在這一刻「鏗！」地一聲巨響。

「！」

我嚇了一跳，以為捱了繆里的頭槌而摸摸胸口。

喔不，眼前的繆里還是保持半蹲姿勢。

她的視線，是朝向我背後。

背後有什麼？轉身之後——

「惡魔快滾！」

隨即就是一道怒罵。還沒理解那個詞是什麼意思，我已經擋住了繆里。接著尋找能夠躲藏的地方而發現一座亭子時，罵聲又來了。

「還說！」

聲音來自大教堂門後。

發生什麼事了？這時大教堂的門猛然開啟，爆出雷鳴般的怒罵。

「那種假證書騙得了我嗎！不懂得敬畏神的守財奴！快給我滾！」

接著有個人被怒罵轟出門似的跑出來，她像是被用力推了一把，一屁股摔在地上，還翻個四腳朝天。

「準備遭天譴吧！」

啞口無言的我，從門縫中見到一個表情猙獰的聖職人員。從服裝來看，應該是這教堂的主教。由於教堂中光線昏暗，他看起來還比較像惡魔。怒不可遏的主教原想多罵幾句，但發現了我的存在。

第三者的出現似乎使他恢復冷靜，他閉起了嘴，表情尷尬地用力拉門關上。

這時跌倒的人爬起身來，想衝上去擋門，手裡抓著看似羊皮紙的東西。

「等、等一下！這絕不是假證書——」

不等那人說到最後，門就關上了。隨後沉重的「喀叩」聲，是連門閂也拉上了吧。沒有其他方式比這更適合表達拒絕了。

為突來的狀況愣了一會兒後，我才赫然回神。

那人在門前垂頭喪氣，似乎不是這鎮上的信徒。身上是一看便知的旅裝，而且還提到證書，多半是想向教會取回以前出借的東西之類的吧。

我替同樣看呆的繆里戴上兜帽，拍掉她尾巴之後轉回來。

「還好嗎？」

癱坐在門前的人被我的慰問嚇得渾身一震。如同我先前完全沒察覺大教堂裡的狀況，對方也沒想到這裡會有其他人吧。

那人急忙將羊皮紙收入胸前才轉過來，這次換我吃驚了。

因為頭巾底下，有一張年輕女孩的臉。

「啊，咦，啊！」

女孩的眼和我對個正著。她似乎覺得自己的狼狽樣很丟臉，兩手抓住鬆脫得快掉下來的頭巾想遮臉。一般的純樸少女被轟出大教堂，主教還罵她惡魔，要是被人看見了，別說嫁不出去，想繼續留在鎮上恐怕都有困難，沒有比這更不名譽的事了。

但我當然也知道，這背後肯定有原因。

於是我伸出手，試著使她鎮定。

「站得起來嗎？」

女孩的臉依然僵得像石頭，不過看看我的表情和手之後認為我沒有敵意，便慢慢吸氣並伸出帶著戒心的手。

即使驚慌也願意接受他人的好意。表示她是個直率真誠的人。我再添點微笑，想讓她更安心，她的表情也似乎緩和了點。

或許是被推得太用力，嚇得她手有點顫抖。而就在她要抓住我的手時——

「……」

女孩睜大了眼。我是有生以來第一次見到人眼的瞳孔縮小的瞬間。

不過她看的不是我，而是更後方。

隨視線轉頭，沒有見到其他人。

一時以為她是見到了繆里的獸耳獸尾，不過全都藏起來了。同時，繆里也睜大了眼。

「妳該不會是……」

繆里如此低語的剎那間，我被拉得向前一倒。

「咦，那個，妳在——」

話還沒說完，就被「啪刷」一聲打斷。轉頭一看，那女孩竟抓著我的手昏倒了。事情來得太唐突，我都迷糊了。

不知所措時，一陣特別強的風從海角下吹上來，掀翻我的衣服和頭髮。女孩的頭巾因倒地而鬆脫，頭髮也隨風飛散。

「啊！」

若只是那樣，當然沒什麼了不起。她那頭略捲的黑髮，在迷信深的地區或許會讓人聯想到魔女而遭到排擠，但問題不在那裡。

隨風搖曳的柔軟髮叢間，有個明顯的堅硬物體。

「繆里……難道這個人……」

倒在我眼前的女孩頭上——

有一對渦捲的羊角。

主教才剛趕人，她頭上又有角，不能向教堂求助。

雖考慮過就地等她醒來，可是風勢強勁的海角相當冷，且要是主教出來看狀況撞見了，事情會更麻煩。

於是我決定直接背她回鎮上。

繆里關心地注視著羊女，對我卻有點冷淡。

可能是自己說把我當異性喜歡，卻又想不到大哥哥以外的稱呼，讓她心裡有點疙瘩吧。

然而知道繆里也和我一樣，將彼此定位在兄妹關係之內，也使我安了點心。雖不認為她這個人會就此死心，但這樣也無所謂。只要繆里願意逐步改變我們的關係，我應該配合得了她。

至於結果如何，到時候才知道。

再怎麼說，我對繆里的疼愛絕不會改變。我懷著這樣的心思往繆里看，她也注意到我的視線，鬧彆扭似的轉向另一邊。

我不禁莞爾，調整背上女孩的位置。繆里似乎對她很感興趣，不時窺探她低垂的臉，關心狀況。

幸好是下坡路，背起來不會太累，不過到港口時腿還是軟了，被聚在海角底下的乞丐們投以好奇的眼神。

我實在背不到德堡商行的會館，所以往約瑟夫的船走。

好不容易走到船邊的棧橋後，見到一口裡頭燒著火的大鍋，但沒有火燼誤燒木棧橋之虞。大鍋裡還有口小鍋，煮著沸騰冒泡的漆黑液體。從氣味和顏色來看，應該是蒸煤炭時流出的油。塗在木頭上可以防水，避免腐壞，在紐希拉時常用於修補屋舍。繆里溜出紐希拉時，就是躲在輸送這種液體的木桶裡。見到它，讓我想起總是帶著微香的繆里被熏得一身焦臭，久久不散。

約瑟夫拿了一條麻繩，正要浸到鍋子裡。

「這不是寇爾先生嗎，發生什麼事啦？」

他邊問邊查看我背上的人，疑惑地眨眨眼。

「不好意思，我想找個地方照顧她，可以借一下您的船嗎？」

「是沒關係啦……喂！來人！」

約瑟夫立刻喊個壯碩的船員過來，替我抱走背上的女孩。真是好險，我已經走不了幾步了。

繆里也隨船員上船，應該不會讓他拿掉頭巾吧。

唏噓嘆口氣之後，煮著濃稠黑油的約瑟夫將攪拌棒交給其他人。

「三番兩次打擾您工作，真是抱歉。」

「說這什麼話。」

約瑟夫用圍裙擦擦手這麼說，臉上卻是相當傷腦筋的表情。

不過他下一句話，使我明白那並不是因為我打擾他工作。

「這是怎麼回事？先前來我們船邊找您的就是她啊。」

「咦！」

有些人聽說我的故事之後，會打算利用我的名聲。

在教堂，主教罵那女孩惡魔，所以問題會與信仰有關嗎？

「這個……我不知道這件事。我上大教堂參拜，結果遇到可能是主教的人把她轟出來。他們吵得很厲害，對方甚至動粗了呢。」

「什麼？」

聽聞教堂發生暴力事件，約瑟夫臉色都變了。

「原本是希望背到會館……可是我的腳實在不行了。」

我慚愧地這麼說，約瑟夫看看我的腳，笑道：

「您身上還背著其他東西，俗世的事就交給我來辦吧。」

「那真是太好了。」

「要聯絡斯萊先生嗎？」

我想了想，回答：

「我想先聽聽那個女孩怎麼說。」

她是非人之人，給會館造成麻煩就不好了。

「如果有需要，請立刻通知我。」

「感激不盡。」

約瑟夫點點頭，擔心地目送我上船，繼續攪拌他的油。

我就此踏上登船板，穿過來來往往忙著補船的船員，前往船尾的船長室。要照顧昏倒的人，應該會送到那裡。

果不其然，一個小伙計先捧著打了水的臉盆開門，繆里出來接應。

她一看見我，就像隻躲進牆縫裡的小老鼠縮了回去。

明明在紐希拉的溫泉旅館，無論她的惡作劇招來多麼折騰人的結果都不會有這種樣子的反應，真是好氣又好笑。不過門沒關，表示她只是有點尷尬吧。

「她醒了嗎？」

我給打水的小伙計幾個賞錢，背手關門。

房裡的玻璃提燈點了火，即使木窗關上也不算太暗。

繆里聽了搖搖頭。或許是燭光的關係，她的表情有些不安。

「那個……她真的是羊嗎？」

不知是怕打擾昏睡的女孩還是單純尷尬，繆里默默點頭。

「王國裡的羊……該不會是……」

我回溯記憶時，發現繆里往我看。我一迎向她的視線，她便赫然躲開。

無奈一笑之餘，我說：

「我以前有說過小時候和妳父母來過一次溫菲爾王國吧？當時，我們曾經碰見一個羊的化身，而且好像就是建國神話裡出現的那隻黃金羊本人，不知是真是假。而他為了保護同伴，在王國裡打造了一個藏身處。」

這女孩或許就是來自那個地方。

居住於人類社會中的非人之人並不算少。

可是辦得到的，不是身邊有非常值得信賴的人，就是本身才幹過人。如同一旦在石磨裡的麥裡發現石子就會立刻剔除，石子是石子，麥是麥，石子磨過以後不會變成麵粉。

「不過……如果是這樣，她的服裝有點奇怪。」

繆里在我瞥來，一副我明明對服裝一竅不通的臉。但儘管不懂好不好看，我兒時曾旅行至遙遠南方，對服裝樣式多少有點知識。

「她纏腰布上的刺繡是南方樣式，頭巾也是這一帶很少見的印花布。」

繆里這樣的年輕女孩，對服裝話題是興致勃勃。

雖然尷尬得不敢開口，尾巴卻要我繼續說似的猛搖。

「那種布的原料叫做棉花，我自己也沒見過原本是什麼樣……只知道那是從很熱的國家送來的特殊布料。聽說那種植物也會結穗，可是不像麥子那樣，裡面長的是毛絲。我以前看過的一本傳教士遊記上，也提過會長出羊的樹。」

繆里的臉立刻滿是懷疑。

「……我自己也不相信樹上會長羊啦。無論如何，她穿的是這附近找不到的服裝，而且她是長途旅行的裝扮，一定是來自很遠的地方。」

想找我，是因為有事想和主教談吧。

羊女雙眼難受地緊閉，像是作了惡夢。不知她究竟想求些什麼。

如果有哪裡是我能幫上忙的就好了。就在我這麼想時——

「啊。」

繆里的聲音勾動我的視線。只見仍閉著眼的羊女表情緊繃地翻身，途中赫然坐起。眼睛睜得又大又圓，表示她內心的惶恐。

「還好嗎？」

我的聲音使羊女錯愕地看來，手下意識地往自己胸口探，不知想找防身匕首還是在大教堂外收起的羊皮紙。

接下來是短暫的沉默，只能聽見船長室外港口的喧囂以及海鳥鳴叫。她似乎很快就理解自己人在港邊某艘船上的房間，而我們就是在大教堂外那兩個人，也發現身上錢財和羊皮紙都平安無事。

她因此放鬆點戒心，也放下按在胸前的手，但見到繆里也在房裡，又嚇住了。

羊與狼共處一室，氣氛當然緊張。看來繆里待在房間角落不是因為顧忌我，而是為這女孩著想。

我先以一聲乾咳吸引女孩的注意力，作自我介紹。

「我叫托特·寇爾，她是我的旅伴，叫做繆里。她雖有狼的血統，但不會隨便咬人。」

女孩聽我這麼說而打量我一眼，再看看繆里。

嘴巴張著，但說不出話。可見她依然很緊張。

於是我拿水壺倒杯水，交到她手上。

她沒有直接喝，先做個深呼吸後說：

「……不好意思，事情太突然，嚇我一跳……」

有時候大聲一點，就能把草原上的羊嚇倒，冷不防見到狼出現在眼前就更別提了。

可是見到人就昏倒，畢竟是件不禮貌的事。她向繆里確實道歉後，盡可能縮在角落的繆里也鬆口氣似的搖搖頭，來到我身旁。

「您在教堂前昏倒以後，我沒力氣背到我住的地方，就送來港邊這艘照顧我很多的船上。」

女孩這才了解狀況，慢慢頷首。

並整理服裝，坐到床邊。

「非常感謝您的幫助。」

「哪裡。看樣子您沒受傷，真是太好了。」

主教激動成那樣，已經算不上是小爭執了。要是女孩被推開時撞到其他位置，留下大傷口也不奇怪。

「話說回來，兩位在教堂吵什麼？」

我以閒聊的口吻問，女孩的表情仍驟然緊張起來。

原想隱瞞身分來詢問女孩的目的，但事情看來沒那麼容易。

猶豫片刻後，還是覺得據實以告較無後顧之憂。

「如果您願意說，說不定會有我能效力的部分。」

「……怎麼說？」

我回答女孩：

「您不是在找一個從北島來的人嗎，那應該就是我。」

女孩驚訝地左右張望。我也不是不懂她表情為何緊繃。

被自己要找的人帶進他的地盤，想得到的危險都可能發生。

「外面沒有人包圍這個房間。這艘船之前遇上了暴風雨，大夥都在甲板上忙著檢修呢。」

她表現得像是接受了我的說詞，但仍豎著耳朵。

當然憑我的聽力，也能清楚聽見船上以正常方式運作的所有動靜。

「所以您願意告訴我嗎？」

聽我這麼問，女孩握起擺在大腿上的手，繃起身體。

不過她略俯的表情不像打算刻意隱瞞，只是有點猶豫罷了。

相信這女孩原本並不想洩漏自己是羊的化身，也沒想到身旁會冒出一個狼少女。

我懂她難以啟齒的心情，便靜靜地等。

這女孩不僅聰明，有知性的氣質，膽子似乎也不小。

果不其然，她不久就抬頭說：

「……有件事，我想先請教您。」

「請說。」

「您是……能夠了解我們的人嗎？」

這問題是直接對我而來。

羊、狼、人在同個房間裡，人才是異類。

「我不知道自己到底了不了解你們，但我一直在往這個方向努力。」

我盡可能誠實回答，但是聽起來就是很曖昧。女孩當然是面露疑惑，繆里見狀補充道：

「大哥哥很了解我們呀，還要跟我結婚呢。」

「咦！」

這一聲是誰叫的，連我自己都分不清了，只管趕緊扒開撲上來的繆里。

「我才沒答應過那種事。」

繆里被我推開以後又抱住我的手臂。

「信仰不能掛在嘴上，要用實際行動表示喔。」

「這……」

好像是我以前訓過她的話。

「總之，這件事我們以後再——」

說到這裡，我發現原本不安地坐在床上的羊女正目瞪口呆地看著我們。

「抱歉，讓您見笑了……」

難堪得頭都暈了的我正要訓斥繆里時，聽見輕撫麻布似的聲音——那女孩忍不住笑了。同時，繆里也在我身旁意有所指地輕輕一笑。看來她是故意耍孩子氣，好取信於羊女。

不過我嗅到她想挖陷阱給我跳之類的味道，伸指推推她的腦袋。

「你們感情真好。」

羊女那一笑似乎紓緩了她的緊張。

「可是……結婚是怎麼回事？你們……不是兄妹嗎？」

真是的。這種時候，我就是不得不埋怨繆里。

「這孩子是我家主人的千金，從她出生，我就像哥哥一樣照顧她。小女孩就是這樣嘛。」

繆里豎起指甲往她抱著的手一掐，不過沒咬人就算不錯了。羊女彷彿一口氣全明白了，深深頷首。

「您不只想找我，還是有羊角的人。如果您什麼也不說就走，我心裡會不太好受。」

繆里抱我手臂的模樣，說服力絕對已勝過千言萬語。

從神情就能看出女孩決定開口。她隨即端正姿勢，報上名來。

「我叫伊蕾妮雅．吉賽兒，在一個很遠很遠，擁有碧綠海岸的國家長大。現在是替某個遙遠國家的商行工作，平常都在這個王國經銷羊毛。」

羊女做起買賣羊毛的生意，在這行肯定是有口皆碑。

可能是我心思都寫在臉上，那年輕女商人露出相當於其年紀，應該說相當於其外觀的童真笑容。

「不過我現在臨時當起了徵稅員。」

「徵稅員？」

伊蕾妮雅隨我這一問取出懷中的羊皮紙。

「我買下了奉溫菲爾王國克里凡多王子之名所課稅金的徵收權，要向教堂徵稅。」

代理徵稅是常有的事。繆里的父親，曾從事旅行商人的羅倫斯就提過。實地向人討稅是一件苦差事，稅權人甚至願意辦公開競標會出售徵稅權。標得權利者只要能徵收全部稅金，就能賺取標價與稅額的差額。

當然，討不到稅就虧大了，更別說沒人會笑呵呵地繳稅。

「所以您才會被轟出來嗎。」

女孩點點頭並深呼吸，表情嚴肅地說：

「可是我冒這個險並不只是為了賺錢。能在這裡遇到你們，說不定是命運的安排。」

太誇張了吧。我覺得有點虛偽。

代理徵稅，不是為了多撈點油水還會是什麼。

就在這麼想之後——

「徵這個稅，是我重大計畫的一部分。」

我不知所以，忍不住問：

「抱歉……您說什麼？」

伊蕾妮雅向前探身說：

「我想為我這樣的不是人類的人建立一個只屬於我們的國家。」

「……」

我默默注視伊蕾妮雅，她的黑眼珠也毫不退卻地注視我。

「我們不管走到哪裡，都要想盡辦法躲避人類的耳目苟且偷生。雖然有些人能夠召集同伴，組成小有規模的聚落，可是我要的不只是這樣。我希望建立一個可以光明正大標示在地圖上的地方。」

「這種事——」

各種常識在我腦中打轉。非人之人要在這世道求生，無非是潛藏於森林之中、假扮人類融入城鎮生活，或是巧妙棲身於人類社會的縫隙間。

更何況，這世上已沒有不屬於任何人的土地。

這些現實很快就導出一個想法。

「您這是想掀起戰爭嗎？」

我明白非人之人如何強大，知道比人更巨大的狼獠牙有多粗，爪子有多利，也聽過其霎時擊潰上百人傭兵團的故事。

假如全世界的非人之人結夥成群，會發生什麼事呢。

每當窺見遠古精靈時代居民如何強大，我都難免有這種猜想。

可是真面目足有幾層樓高的巨大賢狼經常這麼說。

就算她勝得了人類，也勝不了人世。

他們自己都明白，靠爪牙決定一切的時代已經結束了。

不懂的，就只有入迷地聽伊蕾妮雅那些話，不懂人世險惡的年幼無知者罷了。

可是伊蕾妮雅的眼全然沒有鬆懈，注視我說：

「從事遠地貿易的人，一定都聽說過一個傳說。在王國西方遙遠海域的盡頭，有一座誰也沒見過的大陸。我要在那裡建國。」

繆里抓得我手臂愈來愈痛，指甲都陷進肉裡了。繆里天生熱愛冒險，聞言不禁睜大眼睛盯著伊蕾妮雅不放。

「只要我們能得到那片土地，就可以建立不必隱瞞身分的國家。喔不，這是我非做不可的事。您……還有繆里小姐，能夠明白這是多麼美好的事嗎？」

繆里曾在阿蒂夫的商行會館對著貼在牆上的大世界地圖看了好一會兒。世界極為寬廣，我們所生活的紐希拉，只有地圖上一個小黑點那麼小。

不過在那幅地圖的任何角落，繆里都不能展現她的真面目。

無論去到哪裡，都找不到可以安心度日的土地，所以她才會牽起我的手，說只有在我的懷抱裡才能安心。

「妳是說……我可以隨時保持狼的樣子嗎？」

「那當然。妳能用最舒服的樣子，和妳的哥哥自由自在地生活。」

她在「哥哥」加重語氣，有商人廣告詞的感覺，而且對繆里很有效。

能感到繆里的手不是抓得更用力，而是逐漸發燙。

「所、所以這跟徵稅到底有什麼關係？」

我拉拉繆里的手，讓腦中充滿幻想的她回到現實。聽伊蕾妮雅說這番話，就像撕開倉庫裡小甕的封條，結果跑出了一條能吞下整條牛的大蛇。

伊蕾妮雅真的不是在漫天扯謊，要矇騙我們嗎？

「徵稅只是藉口，我的目的是教會長年斂財而累積的聖遺物。」

我回想起貼在教堂門口的「高利貸」紙條。

「我身為羊毛經銷商，經常和有大規模牧羊的修道院打交道，並藉由這個機會，調查每座修道院藏有哪些聖遺物。最後，我發現迪薩列夫的這所大教堂可能有所謂『聖人涅克斯之布』。」

我聽過聖人涅克斯。他原本是家財萬貫的大布商，因受到神的啟示而將財產盡數分給窮人，爾後為信仰奉獻一生，受紡織相關業者奉為守護聖人。保佑的內容為紡絲不斷、布匹不受蟲蝕、火災不侵等五花八門。

算起來是個知名度較低的聖人，和伊蕾妮雅豪壯的夢想不相映襯。

規模那麼大的事，感覺比較適合從前神降臨大地時的踏腳石，或是第七天使留在人間的劍之類的寶物。

手持紡錘棒和布匹的聖人，似乎有點乏力。

「您要那種布做什麼？剛不會有您說的那座大陸的地圖吧？」

「很遺憾，那不是地圖。不過意義有點接近，同樣是可能帶我們到新世界的東西——我要拿它做帆。」

「帆？」

「聖人涅克斯之布是經過祝福的聖布，據說是這世界所能想像最強韌的布。無論這個傳說是真的還是胡扯，用來做帶領我們航向世界盡頭的帆，都是再適合不過。」

「您還想造一整艘船嗎？」

「如果可以，我想找出從前世界遭大洪水侵襲時神所賜予的方舟。」

我都分不清她是說笑還是認真了。

不過，或許是羊行走荒野時，蹄總是穩穩嵌入大地，我在此見到了她的堅強。

「我當然不相信人所說的神，所以我要造的並不是滿載聖遺物，充滿聖人奇蹟的船，而是要獻給想造那種船的人。」

解釋夢想讓伊蕾妮雅相當興奮，露出有力的微笑。

「據說溫菲爾王國的探險船曾抵達新大陸，而且全世界就那麼一次，只有王國擁有當時的航海紀錄和海圖。所以我打算蒐集所有可能為航海提供護佑的聖遺物獻給王國，請他們再度前往新大陸時，讓我們的船也加入他們的船隊。標下徵稅權，只是請教會教堂打開門戶的藉口，並藉由協助徵稅博取王國的好印象。而且在我看來，這次徵稅本來就是為了籌措探勘新大陸的資金。」

那不像是三兩下想得出來的計畫。

感覺出人意表地實際。

「可、可是王國近期很可能會和教會開戰。教會與異教徒的戰爭就持續幾十年了，這次恐怕也不短。王國會有餘力做這種近乎空想的冒險嗎……」

伊蕾妮雅聽了搖搖頭，彷彿見到不聽管教的小孩，以我完全想錯方向的口吻說：

「假如王國和教會對立的原因其實就在這裡，您怎麼說？」

思緒忽然一跛。

「……什麼意思？」

「坊間流傳的對立原因，不外乎是稅收問題和教會長年腐敗，但你不覺得這不太合理嗎？這都不是最近幾年的問題，王國也從腐敗中吸了不少油水，而且從來不曾和其他國家斡旋請求援助。單純是因為一時義憤而異軍突起這種事，實在很不自然，就像刻意單獨與教會保持距離。」

聽在受這故事感動而離開出生村莊的我耳裡，並不覺得奇怪。

「這……難說吧。阿蒂夫目前燃起了改革之火，王國也正忙著翻譯聖經俗文版，啟迪民眾對信仰的認識……」

「我知道這種事一時很難相信，總之我是認為新大陸的確存在。或者說，所有被稱為惡魔附身者，像我們這樣的非人之人都相信新大陸的存在。」

能說得如此肯定，表示她有所依據。

羊女像頭準備衝撞的羊，猛一低下頭說：

「據說當時，只剩下一艘船載著少數幾個生還者回來。而這些倖存的船員都聲稱，有惡魔住在海洋盡頭的大陸上。惡魔撕碎了他們的同伴，大到咆嘯足以衝開大海，每一步都能踩出湖泊。船員是趁夜逃回船上拚死拚活地划，到了外海才終於回頭看清惡魔的全貌。那是巨大得能把山當椅子坐，手一伸就彷彿能摘下月亮的——」

聽到這裡，我心裡一怔。我也聽過同樣的故事。

從前有個修士到處蒐集世界各地的古老傳說和異教神話，以確定自己信仰的神是否真的存在。例如宿於麥中的狼、在草原彼方悠然漫步的黃金羊、大到頭尾天氣不同的蛇、長壽得額上長出巨木的巨鹿等。乍看之下全都是異教徒的荒誕空想，然而它們有個奇妙的共通點——全都在某一時期忽然消失殆盡。這些遠遠凌駕人類力量的傳說生物，就這樣無聲無息地退出了歷史舞台。

據說他們全都喪命於一場史詩之戰。

對手，是森林與精靈時代的王中之王。

「獵月熊……」

死在那暴君的爪下。

「知道這傳說的人，任誰都會先想到牠，而普通人幾乎沒人知道獵月熊的故事。」

我會知道，是因為曾經和繆里的父母一同旅行。

而且還不是自然聽說，是經過一番探尋才終於得知。

「傳說中，獵月熊在戰後消失在西方大海中。甚至能拔下山嶺，投海成島的獵月熊，不太可能願意屈於人身，在人世中苟活，可是傳說發生以後再也沒有人見到他們。而且現在人類分布得太廣，難以隱居，所以我想——」

「獵月熊還活在海洋盡頭的大陸上？」

伊蕾妮雅點了頭。

「王國有沒有可能是有意擊敗惡魔，而認為教會的信仰之劍不僅早已鈍鏽，還能預測到他們心思全都會放在爭權奪利上，只會礙事呢？王國也不是不知道，多年前那場教會與異教徒的戰爭，最後教會竊占了許多戰利品，一定不會想重蹈覆轍吧。」

也就是一艘船只需要一個船長的意思嗎。

「王國的造船技術近年來急速進步，又從大陸每一座山頭砍伐大樹送過來，您不覺得這可能是在準備探索新大陸嗎？」

紐希拉的位置已經夠深山了，卻經常還有原木從更深處順流送到山下賣。山裡零星聚落居民所織的麻布也會直接略過紐希拉，送到山下的城鎮販賣，聽說大多會製成船帆。

而買家正是溫菲爾王國。這是因為他們盛行遠地貿易，需要製造大量船隻。

「我相信只要用新大陸這個關鍵字，就能解釋王國的大部分行動。假如錯過這次機會，我們恐怕就注定只能在人世的陰暗面過活了。從這個鎮的大教堂取得聖人涅克斯之布，將是相當重要的一步，所以請您務必協助我們……喔不，不該這麼說。」

伊蕾妮雅轉向我和繆里，神情有如教堂前乞憐的窮人。

「能請二位加入我的計畫嗎？只要能得到在人類社會擁有一定影響力的寇爾先生，以及狼這般森林霸主的力量，我們的計畫一定會有大幅進展。」

這說不定全是伊蕾妮雅的妄想。研習信仰的途中，我學到人有時只會看見自己想看的事物。

此外，我還有個無法就此相信伊蕾妮雅的理由。

假如她說得沒錯，王國的所作所為都是為了征服新大陸，就等於王國其實不在乎信仰正誤與否，排除教會不過是為獨占新天地做準備。

這麼一來，對於相信這能匡正教會，傳播正確信仰給全世界而戰的人來說，就成了天大的笑話。

到頭來自己不過是當權者政治鬥爭的一枚棋子，病灶得不到根治。

伊蕾妮雅說法中的疑點，使我難以信服。

「大……哥哥？」

這時繆里竊聲問來。表情不安，是因為她沒理由拒絕伊蕾妮雅吧。

可是這種事，我無法冒然決定。

伊蕾妮雅的話，足以大幅改變我至今對世界的認識。海的盡頭有座全新的大陸，獵月熊住在那裡，王國也想爭奪那塊土地？我實在無法一口氣相信那麼多事。更別說王國與教會對立是為了私慾了。

我不禁想，海蘭知不知情。

倘若伊蕾妮雅的夢想真能實現，對於當今世上只能苟且偷生的人們而言絕對是天大的喜事，對於害怕自己會沒有容身之地的繆里也是如此。在北方島嶼地帶，鯨魚的化身歐塔姆由於喪失唯

一的伴侶而遭受深痛心傷。假如當時有人陪伴他，聽他訴苦，說不定歐塔姆會在北方島嶼達成完全不同的成就。

如同人會湧入教堂，非人之人也需要能安寧心神的地方。

若見有人朝這樣的希望之光前進，不是該推他們一把嗎？至少，我不該惶恐，裹足不前。

有個與繆里同名的傭兵團，他們的團長曾說，戰鬥中最危險的不是遭遇強敵，而是停留在戰況不明之處。

因此，我很快就知道我該說些什麼。

「伊蕾妮雅小姐，您說的事有很多我一時難以相信的部分。就算您說的都是事實，我也無法這麼輕易就加入這個計畫。在繆里的兄長的分上，目前也無法同意。」

「大、大哥哥。」

我以眼色要扯我袖口的繆里靜一靜。

「可以給我一點時間嗎？」

伊蕾妮雅沒有任何落寞、失望或焦躁，只是注視我的雙眼向下一垂，收回伸出的手。這使我肯定，她絕對是個優秀的經銷商。

「那就麻煩您再考慮考慮了。」

繆里疑惑地看著低頭請求的伊蕾妮雅。

「下次也是來這艘船找您嗎？」

「不，我自己去拜訪您。」

「知道了。我住在『銀船頭』旅舍，那裡也是我在這個鎮買賣羊毛的據點。凡是這個鎮的商行都認識我，不難查明我並沒有冒用身分。」

她很清楚我對她有所懷疑。

有種不同於繆里的強悍。

伊蕾妮雅站起身，行臣下之禮般深深鞠躬，抹除羊角。

「非常感謝您照顧我。」

船長室門一開，燦爛陽光與喧噪給我時間突然重新開始流動的感覺。或許是在這房裡談的話太過夢幻，才使我這麼想吧。

伊蕾妮雅四平八穩地踏過登船板，在棧橋稍作停留，帶著略顯疲憊的憂心笑容作個揖就離開了。

當逐漸消失在雜沓中的背影完全混入人群的同時，我吐出一口長長的氣。

伊蕾妮雅所說的每一件事都很難下判斷。王國與教會對立的目的、位在西方極境誰也沒見過的土地、居住於該地的獵月熊等，每樣都並列於同一條線上，感覺就像站在看不到頂的山腳下。

「大哥哥啊。」

繆里語氣茫然地說：

「我要從哪個部分開始大叫才好啊？」

她興奮得有如當初目睹鎮上的羊毛加工現場，讓我知道心情蕩漾的不只我一個。我們的腳步都是一樣地飄忽不定。

我牽起那依然幼嫩的手，說：

「無論桌上的菜餚再怎麼豐盛，一次能吃的量還是有限。」

每個問題點都需要詳加調查，且事情或許真如斯萊所言，我被暴風雨吹來這城鎮是神的安排也不一定。

港口鼎沸的騷嚷流連耳畔，久久不散。

港口一角，有段鑿岩而成的階梯，直入海面。

我將手探進輕波中，敲響銀幣。

「我已經覺得自己聽力不錯了耶，他真的聽得到？」

繆里在身旁懷疑地說。

「聽說聲音在水裡可以傳得很遠……要是不行，我就乖乖寫信吧。」

只要將硬物放進海中，以歌舞的節奏敲響，若距離不會太遠，大致都能一天內趕到。

在北島認識的鯨魚化身——歐塔姆對我是這麼說的。

不到一個月就呼喚他，實在教人不太好意思，可是大海的事還是找海中的居民打聽比較好。

「再來要把黑聖母的碎片丟進海裡。」

我從袋中取出一小塊黑色物體，往海裡拋。碎片只有小指頭尖般大，看起來像顆兔子糞。

這是稱為黑玉的稀有礦物，性質近似琥珀。

繆里也拿一個碎片聞一聞，聳聳肩放回袋子裡。

「明天早上再來吧。」

我起身爬上石階。既然伊蕾妮雅說新大陸是遠地貿易商之間的傳聞，那麼約瑟夫可能略知一二。不過他看起來很忙，便決定晚點再問。晚餐時間就沒問題了吧。

擦手時，我發現繆里仍站在原處不動，恍然望著港外的海。

「怎麼啦？」

繆里搖搖頭，登上石階說：

「在紐希拉那種深山的時候，我還以為走到哪裡都只有山呢。」

可是山有盡頭，接下去是一望無際的草原，最後止於海岸。

那麼，海的盡頭又是如何？

凡是見過海的人，都必定有過這種疑問。

「我學到的是……海的盡頭像瀑布一樣。」

那是否為真其實無關緊要。這樣解釋只是求個方便，替睡前胡思亂想的無解疑問姑且找個答案。

「不過，我從很早以前就對教會教的這些事抱持懷疑也是事實。」

繆里聽我這麼說，抬頭看來，眼神像個滿腹好奇的孩子。

「再說如果跟瀑布一樣，瀑布底下又是什麼樣呢。」

「所以應該是怎樣？海的另一邊又是大陸，大陸另一邊又是海嗎？」

我是可以用個模稜兩可的答案敷衍繆里。

不這麼做，是因為把她當小孩要對不起她。

「致力於究明世界之謎的鍊金術師們，主張世界其實是一顆球。」

我將手帕揉成球，端在繆里面前。

「他們說世界就像這樣，如果一直往西走，總有一天會從東邊回來。」

而這些球形世界還有好多個，我們口中的太陽、月亮和星星都是。我們腳下的大地，也不過是那些星辰的其中之一。

這樣的觀點觸怒了教會，遭到強烈否定。

只因與聖經所言的世界觀過於不同。

「所以世界並不是無邊無際的吧。」

向來對教會教誨充耳不聞的繆里如此輕易就接受了教會的說法。雖想否定，傳授她正確知識，卻不知孰是孰非。來訪紐希拉的偉大修士中，也有幾個因為長期鑽研天文學而支持新說法。

想著想著，繆里以從未聽過的冰冷聲音說：

「太好了。這樣總有一天能找到獵月熊。」

「……」

我啞口無言，看著走在身旁的繆里。

見到的不是天真調皮，成天忙著嘻笑怒罵的少女。

只有一頭紅眼睛裡燃燒憎惡之火的狼。

「我的名字不是來自娘以前的朋友嗎？聽說殺了她朋友的就是——」

聽她說到這裡，我正面抱住了她。

絲毫不理會周圍可能會投來奇異的眼光。

即使匆匆來去的行人撞上肩頭，我也不為所動。

會這麼用力擁抱繆里細瘦的身軀，是為了撲滅沾上麥捆的星火。

不能讓復仇之火占據她幼小的身心。

「……這就是我為什麼不想直接接受伊蕾妮雅小姐的話。」

平時這樣擁抱繆里，她就算熟睡也會抱回來，或是把臉往我胸口蹭。

可是現在，她雙手只是無力下垂。

「獵月熊的存在，無論對妳的母親和她的同伴，還是所有精靈時代的生物，都有非常重大的意義。假如傳說都是真的，那我實在無法想像伊蕾妮雅小姐要怎麼應付獵月熊。」

要在那建立非人之人的國家，就只能奉獵月熊為王或是驅逐他。而就獵月熊的種種傳說來推斷，事情恐怕不可能和平收場。

我不覺得伊蕾妮雅會沒想到這點，所以已經有所計畫了吧。

例如消滅獵月熊之類。

「有一件事，我希望妳無論如何都要做到。」

我的手從繆里身上鬆開，抓著她窄小的雙肩直視她的眼。這女孩其實非常在意自己身上流的血，只是在紐希拉從不表現出來罷了。在北方島嶼地區，她也曾猜測黑聖母會不會是狼的化身。

繆里的母親賢狼赫蘿失去了所有的同伴，且幾乎是死在獵月熊爪下。然而赫蘿歷經長年星霜，即使有令人心碎的回憶，卻也擁有懂得如何迴避無解難題的彈性。

相對地，繆里只有十來歲，眼中所見的一切都散發著鮮明的光輝。甚至會實際找尋只存在於文獻另一邊的血族，對仇人感到濃烈的憤怒。

我這個人類或許沒資格在這方面教訓繆里，但我不僅是一個人類，更是她的兄長。

「請妳千萬不要去想報仇的事。因為那已經是很久很久，早就被人遺忘的時代的事了。」

繆里沒答話，也沒看我。

她點頭似的收起下巴，臉靠上抓著她肩膀的手。

「離開村子以後，我有時會覺得自己比自己以為的更像狼。」

這話使我心裡一陣不安，不過她抬起頭後正視著我，臉上是無奈的笑。

「不要這種表情嘛。只要大哥哥還肯抱我，我就不會亂跑啦。」

我是能當那是種頹廢的真情告白，不過繆里想窩在我懷裡，不僅是因為孩子般的單純感情。

如同我為信仰禁慾節制，繆里也有些不為人知的苦處。

我不認為自己有能力讓她擺脫那一切，但願意為她盡一切所能。

「有什麼我能幫的就說吧。我這哥哥雖然不太可靠，但仍會付出我的所有來幫助妳。」

繆里閉上眼，露出舒爽夏風撫過臉頰的清涼笑容。

「那就娶我當新娘吧？」

「……這個不行。」

睜開的眼睛裡，充滿平常的淘氣。

「小氣。」

「不是小不小氣的問題。」

繆里嗤嗤地笑，要黏在我身上似的抱過來。

我知道她這是在敷衍關於獵月熊的嚴重問題，不過說出來，等於是糟蹋了她一番心意。

就像她除了大哥哥以外不知道怎麼稱呼我，一時半刻改變不了的事還有很多，而繆里也十分明白這點。

「話說回來，以海的盡頭為目標的旅行好像很好玩耶。」

這是她另一句真心話，也是我非得好好思考不可的問題。

「真是一波未平一波又起喔。」

聽我低聲說出洩氣話，繆里是這麼回答的。

「這樣就不無聊啦，不是很好嗎？」

她的年輕，不只是存在於外表。

「就是說啊，我就樂觀一點想好了。」

繆里笑嘻嘻地點了頭。

後來我決定在街上繞幾圈，沿路打聽伊蕾妮雅的風評。正好繆里也想多看幾件衣服，我就找了間商行的店面，趁她東挑西選時問幾句。

「羊毛經銷商？哎呀，小老哥，你以為這裡有多少個經銷商？大陸東部南部的人都到這裡來進貨，根本記不住。」

雖然第一間店就碰了釘子，不過下一間就輕鬆問到了。

「黑頭髮的女孩子，專門買賣羊毛？知道啊。喔，小妹妹，那可是上等羊毛皮喔，用獨門鞣皮技術做出來的。瞧，是不是又軟又輕啊？不管拿來做什麼，都是頂級貨色。妳看這件用它做的風衣和墊子……咦？喔，你說經銷商啊。那個丫頭年輕歸年輕，眼光卻厲害得很，有好幾個外地商行都找她買羊毛呢。怎麼，你打聽她是打算找她辦事嗎？也對啦，與其找其他的三腳貓，不如找她來得可靠，而且從沒聽說過她捲款潛逃或是偏袒徇私什麼的。所以那塊羊毛皮只賣你十四太陽銀幣，不錯吧？」

其他店鋪也都是這種感覺。在這來去不易的遠方之地，不少人偏好找同鄉或信得過的人下訂。一路打聽下來，發現伊蕾妮雅在羊毛貿易上小有頭臉，到處收購羊毛。

當然那不只是因為她有才能，更重要的是她的信用。認識她的商人，都清一色希望她能替當地商行工作。

「她應該是愛上了老闆的那種吧。」

甚至有商人這麼說。繆里對這句話深感興趣，聽得很開心。原因我就不問了。

「看來她是個值得信賴的商人。」

我們在最後一間店買了塊摻了香草的肥皂，繆里邊聞邊走，只有視線朝我轉來。

「如果是狐狸還有點難說，可是羊咩咩大概不會說謊。」

「有這種事嗎？」

「感覺上是。」

如果這種刻板印象真的沒錯，那麼狼才是真正該提防的吧。

其實倒也沒錯。想到一半，我不禁獨自興嘆。

繆里吊在肩上的麻袋裝著各種戰利品。不管怎麼想，那全是經過她冷靜算計，覺得抓對時機央求就能讓我乖乖解囊的結果。老實說，因獵月熊話題而險些窺見繆里的內心世界後，只要她用嬌柔一點的方式求我，我也很難板起面孔拒絕。這樣的滴水不漏，實在教人感慨萬千。而繆里似乎也知道保持平常的樣子就能讓我安心，使我更難拒絕了。

這讓我再次體會到繆里真的是一匹狼，無論如何都不會只是隻可愛的小狗。

「天就快黑了，我們回會館去吧。」

「嗯，肚子也餓了。」

繆里遺憾地將聞起來香噴噴卻不能吃的肥皂塞回袋子裡。

「對了，希望今天不是吃羊咩咩的肉……」

這種想法延伸起來可沒完沒了，不過繆里應該會懂得拿捏吧。

不管伊蕾妮雅的計畫結果如何，我都不能讓繆里因此受傷。

因為這件事，無疑是關係到非人之人心靈最深的一塊。

在北島我什麼都得靠繆里幫忙，這次我一定要保護她。

「啊，大哥哥你看，第一顆星。」

抬頭一望，見到從紫紅轉為群青的清澈天空裡，有顆冰晶的星星眨了眨眼。

「向教會徵稅？」

斯萊一面吃經過燙、烤、蒸三道手續，在淋上滿滿芥末醬的薄切牛肩肉，一邊疑惑地問。

回到會館時，斯萊已為我們備妥滿桌菜餚，不久約瑟夫也來和我們共進晚餐。繆里一副昨晚敗給睡意，今天一定要吃回來的氣勢，準備大殺四方。

「對。好像要向全王國的教會或修道院徵稅。」

伊蕾妮雅所說的每件事都需要深思熟慮，而我認為最必須看清的一項，即是王國對教會的真正想法。

可是我總不能劈頭就問斯萊，王國與教會切割是不是為了前進新大陸；就算問了，我也不認

為問得出答案。於是我想了又想，決定先從這裡開始。

假如伊蕾妮雅說對了，從這場徵稅也能窺見王國的意圖才對。若無正當根據，單純想榨取錢財，伊蕾妮雅的說法就更可信了。相反地，若王國確實有正當理由，就可能是伊蕾妮雅想太多。

「的確有這件事。誰教他們那麼囂張跋扈，活該要繳稅。」

斯萊的回答比想像中有刺多了。

「這麼說來，是一種懲罰性的稅目嗎？」

「對。要他們吐出過去累積的不義之財，並且讓他們再也不能幹這種壞事。雖然人們每一個都討厭徵稅布告，不過這次反過來喝采的人相信不少。」

斯萊的語氣不像在開玩笑。

只是聽見教會作惡，馬上讓我想到一件事。

貼滿大教堂大門的那些紙。

「我看到大教堂的門了，那也跟這有關嗎？」

斯萊點了頭。

「說起這件事，我可以一直說到天亮呢。」

嘴上是玩笑話的說詞，可是臉笑也沒笑。

「他們啊，甚至放起了高利貸。」

大教堂門上也有這個字眼。

可是教會的立場應該要禁止收息才對。公然幹起高利貸的生意，不怕教廷調查嗎？

「當然，他們藏得很巧妙，對外是用善捐的名義。」

約瑟夫從這麼說的斯萊身旁替我斟酒。這種有煙味的蒸餾酒相當烈，連急著想長大的繆里也沾了一點試味道就急忙推回來給我。

難道是需要用這種酒澆愁的事嗎。我不禁緊張起來。

斯萊一口飲盡約瑟夫斟的酒，娓娓道來。

「其他國家我不曉得，總之王國裡的教會組織，全都在吸羊毛產業的油水。」

斯萊配給我的房間也有許多毛織品。別說毛毯布墊這類，就連蓋在家具上或掛在牆上，用來避寒的布，也大多是羊毛製成。只要在這裡生活，就不可能不碰到羊毛。

而王國是全世界羊毛最出名的地方。

「原因是在於，羊毛相關產業本身有些結構上的問題，而最大的問題就是要投資很長一段時間才能賺錢。您知道一頭羊養大剃毛到做成衣服賣錢，總共需要花多少時間嗎？」

我稍微多估一點，說：

「需要一年嗎？」

「平均要三年。」

居然這麼久，真教人吃驚。斯萊跟著切塊羊肉，送到繆里盤裡，還附上一個微笑，似乎是以為繆里是客氣才沒碰羊肉，而繆里只好有點尷尬地道謝。

在繆里為這深不見底的難題苦惱的時候，斯萊將桌上餐點當成羊毛如此說明：

「總共要經過養大、剃毛、集毛、運送、清洗、篩選品質、梳毛、紡線、染色、編織、裁縫、販賣等步驟，羊毛才終於變成錢。當然，步驟不會一步接一步，有時候得在倉庫擺一陣子，商店架上也會有賣不掉的貨。尤其是成衣，要是款式沒跟上流行，人家看都不看一眼。等到衣服好不容易賣到錢了，才會順著加工的順序，回溯到牧羊人手上。」

這般人世複雜構造的一環，是哪裡有問題呢。

這麼想時，斯萊拿起一塊麵包。

「問題就在於，所有人在拿到錢之前得設法養活自己。」

接著扔進嘴裡說：

「說穿了就是除非等羊毛做成衣服或毛線賣出去，不然從牧羊人到最後的商人都拿不到錢。最慘的就是最源頭的牧羊人了，錢要等三年才拿得到，而這中間每一個人在等錢的期間，都得照常生活工作。而生活就得花生活費，要工作就得買材料。」

必須的東西，卻也是最缺的東西。

造成羊毛產業多得是高利貸下手的機會。

「只不過，教會實際借錢出去的確會造成問題，所以迪薩列夫的大教堂和其他教會組織，就用他們名下的土地養出的羊毛，或是收購中間的半成品當錢貸出去，然後收的是下一個階段的製品。譬如貸出羊毛堆，就收毛線回來；貸出毛線，就收染色的線回來。他們聲稱那只是以物易物，所以不算高利貸。更厲害的是，教會收回出借品時還會塞點錢給工匠，真是大慈大悲啊！」

可是那本來就應該是他們的酬勞，而教會應該也不會多慷慨才對。

「然後交到工匠手上的錢，實在是非常少。」

斯萊點個頭，要實地演示般用餐刀切下薄薄一片牛肩肉。

「我們商人借錢給人，利息怎麼收還得看教會臉色，年利只有一到兩成。可是用工匠拿到的酬勞來推算教會私吞的年利，居然是高達五成，有時甚至是十成啊。」

「太、太多了吧……？」

只能說是暴利。

「由於教會收了很多捐贈的土地，而那些土地幾乎都拿來養羊，所以成了王國最大的牧羊集團，也就是大部分原料都抓在他們手上。要是再以金錢控制了工匠，我們商人根本拿他們沒辦法。商人被迫處理最花時間的成衣銷售，工匠們也只能依靠加工羊毛的微薄收入維生。長久下來，工匠根本不會想花心思，搞得王國的毛織品品質已經低落好多年，只能靠輸出羊毛賺錢。」

我兒時來訪王國所見到的狀況，多半就是源自於此吧。

「這麼一來，就演變成有土地養羊的教會荷包愈來愈肥，中間的工匠愈來愈窮的狀況。」

斯萊口中的王國窘境，和生活艱困的北方島嶼地區頗為相似。

但是不覺得悲愴，是因為斯萊講的是過去的事吧。

「王國也覺得這樣不行，想了很多辦法，可是始終找不到治本之道。不僅如此——」

斯萊不堪回首般閉眼嘆息。

「官員想到什麼就做什麼，使得羊毛出口政策朝令夕改，作羊毛生意變成像賭注。很多商人和貴族搞得一塌糊塗，還有不少人因而破產呢。」

斯萊的話讓我也心有戚戚。中落的貴族大多會將女兒嫁給富商，而那實際上就是用錢出賣家名換取存續。而出賣家名後，再遇到丈夫經商失敗，就真的爬不起來了。

我兒時見到的那位像狼一樣的女商人，就是遭遇這類變遷而從貴族墮入民間，且記得破產的原因就是羊毛。她不是一時走霉運，就只是被溫菲爾王國過去失敗政策拖垮的其中一人吧。

還是貴族時，她名叫伊弗．波倫，在丈夫破產後奮而投入商場。即使是女人，如今也已是南方首屈一指的大商人。

她是個有狼性的人，才能夠從谷底翻身，可是大多數人就沒這種能耐了。

假如因教會而家逢巨變的怨恨仍淤積在王國裡，會發生什麼事。

光這一點，就十足是課稅的理由了。

「總之當時無論王國還是商行，沒有一方有膽和教會爭。畢竟教會和異教徒的戰爭還在持續，王國有必要配合教宗的步調。直到戰爭步入尾聲，狀況開始改變，王國才終於和教會對立，大幅改變了勢力關係。」

斯萊用餐刀刺進牛肩肉的表情明暢極了。

「教會的禁行聖事令，害他們失去現金收入，逼迫工匠借貸的箝制方式暫時緩解。工匠們因而肯多花點心思在工作上，製品品質開始提高，甚至有些優秀的工匠從大陸遷居到王國來呢。而且教會沒有王國的港都配合就無法出口羊毛，只好開始賤賣失去市場的羊毛變現，國內羊毛一下子供過於求。這個量啊，多到原本與羊毛產業無關的普通老百姓都大量湧入加入勞動，收入隨之升高，整個王國跟著富庶起來。」

這麼說來，鎮上的人會那麼樂於工作，就是源自擺脫枷鎖的喜悅吧。

「向教會課稅，目的應該是在於趁現在削減他們的財產，好讓他們在情勢萬一逆轉的時候也不會復燃得太快。再來單純充實國庫，博取民心等小面向我想也有。」

就斯萊所言，王國的處置合情合理，教會遭課稅並非無妄之災。課這個稅，是名正言順。

感覺上，和「為前進新大陸而與教會切割」這麼一個荒誕無稽的大戲沾不上邊。

可是就算這說法降低了伊蕾妮雅假設的可信度，協助她徵稅與我的目的其實相去不遠。

蠻橫的教會就該受罰，接受導正。

「對了，稅徵得順利嗎？」

斯萊搖搖頭。

「不順利。教會的權威根深柢固，鎮上商人怕他們報復，沒人敢競標徵稅權。現況不太樂觀。」

「這樣啊……」

「大概就是這麼回事……有件事我想請教一下，方便嗎？」

沉思的我被拉回現實，往斯萊看。

「啊，不好意思。當然，請說。」

斯萊保持微笑，但眼神沒有絲毫鬆懈。

「徵稅的事，您是從哪得知的？」

那不是在街上閒晃就會聽說的市井流言。

斯萊會好奇也是理所當然。

「上大教堂參拜時，正好碰見有個人被趕出來，所以就聊了幾句。」

聽我這麼說明，沉默到現在的約瑟夫也插嘴了。

「那個人還到我船上打聽寇爾先生的事呢。」

這兩條線索，似乎就足夠讓斯萊推知大致狀況。

不過他為何突然遮眼仰頭，我就不懂了。

我愣著看他坐正，自訴罪狀似的說：

「這麼說來，就是那個人請您去徵稅的吧。」

「沒、沒錯。」

「而一心改革教會的您認為這是正義之舉，打算先調查過那個人再決定幫不幫忙。」

「呃，那個，對、對啊，就是……」

儘管重點缺了不少，但大致沒錯。

「噢，神啊！」

斯萊高聲一嘆，投來狗兒受虐的眼神。

「早知道會有這種事，昨天就該鐵下心拜託您了。」

「咦？」

我驚訝地看回去，只見他表情哀戚地表白：

「我畢竟是個商人。如果您出面，徵稅肯定是易如反掌，且任誰都會有這打算。噢……假如我現在也拜託您做一樣的事，您也會覺得我是出於正義嗎？」

斯萊有雙能正確判讀狀況的眼睛，知道完全一樣的事會因為些微差異而具有不同意義。

「……恕我直言，我只會覺得您是想賺錢……」

「可不是嗎。」

斯萊拋下一切禮教似的往椅背頹然一靠，嘔氣地說。從約瑟夫只是苦笑看來，斯萊只是刻意誇示遺憾，並非真心氣惱。

「假如我昨天就向您提這件事，擺明就是要打您的歪腦筋，也會降低您對我的評判。對我這份伺機而動的謹慎，您願意賞我一個好評嗎？」

斯萊坐正這麼說，使我不禁莞爾。

我不知道他是不是個好人，但至少是個合作起來會很愉快的商人。

「那當然。昨天我實在是身心俱疲，說什麼都會往壞處想吧。真的很感謝您為我著想。」

約瑟夫嗤嗤笑，將烈得好像能點火的蒸餾酒斟滿斯萊的酒杯。斯萊舉起杯，忽然板起面孔。

「這種事就是講緣分，拜託您協助徵稅的商人和您特別有緣吧。居然能在大教堂遇上，只能說是神的安排了，何況她還是羊毛商有口皆碑的優秀經銷商。」

「咦！」

藏不住驚訝的我被繆里白了一眼，斯萊見狀笑呵呵地說：

「我可是德堡商行迪薩列夫會館的負責人呢。而且兩位這麼醒目，在街上隨便打聽一下，消息就一個個進來了。」

說起來，還真是這樣沒錯。

「作羊毛經銷商的人見過的教會暴行，肯定比別人都還要現實。我想她標下徵稅權，動機絕不是賺錢那麼簡單。聽說她平常做買賣很小心謹慎，所以應該是有個強烈的信念驅使她冒這個險。」

在心機的嗅覺上，商人比誰都更敏銳。伊蕾妮雅冒險走這一步的確是有她的原因。

「看來寇爾先生您來到這鎮上真的是神的引導。」

斯萊將酒杯湊到嘴邊，飲下前先往我看了一眼。

「那麼，能請您為我們接下這徵稅大任嗎？」

態度像是開玩笑，但夾雜著幾份認真。而這句話本身，是個玩笑話。

「我就當它是醉話吧。」

斯萊聳個肩，一飲而盡。只試過味道就被嗆得不敢領教的繆里，看得眼都圓了。

眾人繼續吃吃喝喝。

作決定所需的關鍵，都湊齊了。

醒來時頭有點痛，原以為是感冒，但從口乾與燒心感來看，應是喝了不習慣的蒸餾酒之故。

然後想起和斯萊告別後，我打算問問約瑟夫新大陸的傳聞，但因為不勝酒力就倒在床上睡著了。模糊記憶中，繆里好像還糗了我幾句。

坐起身，發現繆里在我身旁抱著塞滿羊毛的枕頭，頭埋在裡面呼呼大睡，相信在夢裡一定也抱著一頭羊。不過頭埋在枕頭裡，說不定是我渾身酒臭的關係。

我搔搔頭，下床拿水壺喝水。

透進木窗縫隙的陽光還很弱，然而窗外已經有貨車來往的聲音。開個縫往外瞧，見到幹道上有零星人影，其中幾個正在搬運羊毛。今天也要在那個宛如戲台的地方加工羊毛吧。

據斯萊昨晚所說，執王國重點產業之牛耳的教會因此遭到課稅。

從人們如此朝氣蓬勃地工作的模樣，教會放貸的行為對人民生活造成多大壓迫是一眼便知。假如我來到這城鎮後只知道徵稅的事，早就義無反顧地贊成了吧。

會這麼慎重地做決定，是因為知道王國有可能根本不在乎信仰，是為了別的利益和教會斷絕關係。

假如王國並不站在正當信仰的一方，只是把教會當絆腳石而企圖切割，那麼幫助王國有無正義可言就要打上問號了。就刻意與教會切割這點而言，倘若他們在信仰上比教會更冷酷無情，也不教人意外。

我很想先和海蘭問清這件事。要是她如此賣命奔波卻毫不知情，那真是啼笑皆非。為根本不在乎信仰的王國工作，等於是自掘墳墓。

但就算真是如此，也有幾個需要考量的問題。

即使王國切割教會看的是損益，民眾仍無疑會繼續追求信仰。

而且王國正在製作聖經的俗文譯本。感覺上，這不太可能是一時興起，有其紮實的理由。

畢竟這會讓普通人也能閱讀原本只有聖職人員能懂的聖經，拉近與神的距離。其意義之深遠巨大，堪稱是歷史的轉捩點。

無論狀況如何改變，即使再也沒有教會、教堂或聖職人員，只要聖經在手，人們就能感到神的陪伴。我這類人一出現就引來大批群眾訴苦的情況，也不會再發生。家裡有親愛的人倒臥病榻，其妻子、丈夫或兒女可以自己拿聖經祈禱。

往這裡想，王國的行動就更像是認真為信仰著想，而不是為了前往新大陸冒險云云。因為只要聖經的俗文譯本完成，即使隻身流落世界盡頭，也能獲得神的慰藉。

「……咦？」

剎那間，有道閃電在腦裡炸開。

在電光彼端見到的，是在黑如煤炭的雲和高如山巒的波濤間行進的孤船。

甲板上，有群冒險者正向神祈禱。

「不會吧。」

我當場按住呢喃的嘴。難道製作聖經俗文譯本是為了這個？

那是趟遙遙無期的旅程，而且沒有冗員空間，還不能保證能夠全體生還。一旦發生只能求神的狀況，不一定會有人替他們與神對話。

在這時候，若有本誰都讀得懂的聖經，他們就能重新找回勇氣和活力……

「慢著慢著。」

我甩頭打消這想法。在王國與教會不知何時會結束的對立當中，將聖經譯為俗文可供王國人民自力執行聖事，這樣想也比較合理。剛才閃過的想法，就只是「也能那樣用」罷了。

一定是昨晚的酒害我思考太過跳躍。

可是一度萌芽的想法，並沒有那麼容易根除。

「……想法一成形就忘不掉，是我的老毛病。」

我刻意說出口警惕自己。

接著到中庭洗臉，像昨天一樣聽會館員工訴苦。

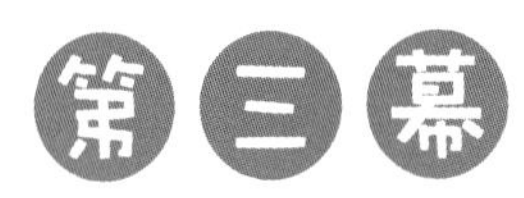
第三幕

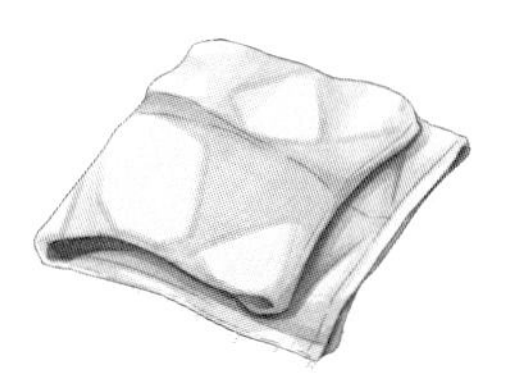

替會館員工們祝禱，用完早餐後，我們又上街了。

不只是繆里想出門，我自己也想徹底擺脫昨晚的酒氣，重新冷靜思考。

同時，也有件事想問繆里。

「是不是很想建立自己的國家？」

之所以無法決定該用怎樣的態度看待伊蕾妮雅，追根究柢，就是因為那關係到繆里。

我雖亟欲向世界散播如何正確信仰我們的神，但若拿它和繆里的幸福在天平上比較，到頭來我還是會選擇繆里。要是說出來，說不定會給豎直耳朵尾巴的繆里腦袋裡危險的妄想火上加油，所以我沒有告訴她，不過這的確是我的真心話。

在期盼繆里得到幸福這點上，我有自信不輸她父親羅倫斯。

「嗯……」

聽了我正式提出的問題，繆里啃著向攤販買的裹麵粉炸的酥脆魚骨點心，望著遠方說：

「可以的話就太好了。」

她猶豫了一會兒才短短這麼說，踢開腳邊的石子，往我看來。

「不過那裡很遠很遠吧？這樣我就不太曉得了。」

以熱愛冒險的少女而言，這樣的感想真沒霸氣。

「因為就算哥哥能跟我一起來，其他我認識的人也不可能都來嘛？」

前半就當是開玩笑，後半似乎是繆里的真心話。

「這樣好像有點空虛耶，哪天想回紐希拉的家也很難。」

繆里雖處在渴望離村闖蕩的時期，但絕不是漂泊的孤狼。

可以想見她看遍世界各地後，說聲：「啊～真是太好玩了。」就準備回家的模樣。

然而伊蕾妮雅的計畫完全是另一回事。

「我對她的夢想當然會有共鳴呀。我是真心希望有那樣的地方。」

繆里停下抓炸魚骨的手，看著腳邊說。這個遭遇何種困難都不會膽怯的女孩，如今看起來惶惶不安。

她雖愛作夢，但不是會罔顧現實的人，且看清周遭的能力比我還高。可見她很清楚伊蕾妮雅的計畫是多麼荒唐。

會支持她的計畫，理由想必不簡單。

首先是對冒險的嚮往，然後是單純地對這個夢想有所共鳴。接下來，多半也是最大的原因——出於某種同類意識。

「所以……說真的，我也沒辦法強迫大哥哥去做什麼嘛。要是有什麼讓你擔心，真的不要想太多喔？」

繆里抬起頭來，表情靦腆。

似乎是對自己聽了獵月熊的故事而那麼激動覺得不好意思。

「在大陸等著我們的，是娘他們集合起來也恐怕打不贏的怪物吧？雖然不太甘心，可是我也覺得應該聽大哥哥的。」

聽見這個老愛惡作劇耍任性，長吁短嘆著想快點長大的小女孩，突然說這麼成熟明理的話，心中忽然有點不捨。

為這樣的自私唏噓之中，又啃起魚骨的繆里臉上似乎又找回幾分童稚。

「是不是我太懂事，嚇一跳了呀？」

她戲謔地稍歪起頭這麼說。

即使不這麼做，這年紀的少女內外在的差距還是很巨大。

對於嘴邊沾著碎屑的她，我也只能沒轍苦笑。

「因為妳是聰明的女孩嘛。」

「歡迎愛上我喔？」

她瞇起眼，投來挑釁的大膽笑容。

我笑了笑，摸摸她的頭，結果她「嘟嚕嚕～」地彈響嘴唇。

「好啦，我的部分就是這樣，伊蕾妮雅姊姊怎麼想就是另一回事了。」

繆里將最後一塊炸魚骨扔進嘴裡，把手拍乾淨以後粗魯地用下巴指向街上一角。

「要不要直接問她？」

轉頭一看，發現伊蕾妮雅兩手都抱著裝滿羊毛的麻袋，和另一個商人交談。迪薩列夫雖是個大城鎮，能作買賣的地方卻侷限在一部分。

伊蕾妮雅和商人談笑風生，最後握握手。商人用鐵線在大麻袋穿上一塊布，拿炭之類的東西寫上幾個字。看來伊蕾妮雅是成功買下了他的羊毛。

這樣看起來，她完全是迪薩列夫的商人之一，一點也不像羊的化身，也看不出她心懷難如登天的夢想。

這時伊蕾妮雅轉了身，毫不猶豫地朝我們走來。

我還沒發現她，她就已經發現我們了。

「恭喜妳買賣順利。」

聽我這麼打招呼，伊蕾妮雅回頭看看來向，面泛苦笑。

「才不順利呢，那個商人每次都很難纏，剛那些價錢被他抬了不少。」

精明的商人都會這麼說吧。感到有趣之餘，我說：

「對了，能占用您一點時間嗎？」

伊蕾妮雅的眼立刻亮起來。

「要談我拜託您的事吧？」

「對。」

她跟著尷尬地笑了笑。

「我還想請您再聽我說幾句話呢，當然有時間。」

說得也是。

「站著說話不方便，我們就在市場找個攤子坐坐吧。」

這為的主要不是我，而是繆里吧。

有句話說「射將先射馬」。

雖不是馬，這隻饞嘴狼當然還是穩穩地上鉤了。

我們三人就此前往市場。

市場一樣是人山人海，有簡易桌椅的餐飲攤位全都客滿。不過伊蕾妮雅打聲招呼，老闆就從後頭直接搬一組桌椅出來，讓人體會到她實在是個有頭有臉的商人。

總不能大白天就喝酒，所以我點的是寒冷地方少不了的熱羊奶，加了蜂蜜和薑汁調味。等餐時，伊蕾妮雅從市場找了些零食回來。

「栗子？」

等不及的繆里鼻尖前，是以樹葉當盤，黑得發亮的大栗子。

「有酒的味道耶。」

「這是用當地名酒和蜂蜜燉煮的，沒吃過的話請務必試試。」

繆里聽得喜上眉梢，馬上抓一顆塞進嘴裡。

「嗯～！」

然後閉著嘴呻吟，一副幸福的樣子。

「很高興妳喜歡。」

先籠絡繆里之後，伊蕾妮雅換了話題。

「那麼，您想說什麼呢？」

「請告訴我您的原因。」

「原因？」

伊蕾妮雅稍歪起頭的樣子，看起來甚至和繆里同年。

「我想知道伊蕾妮雅小姐您想前往海洋盡頭尋找新大陸的原因。」

在船上聽她說明時，她的確是給過像樣的解釋。

可是那顯得很片面，只是在講述緣由道理。會無法接受伊蕾妮雅的說法，可能不僅是太荒唐，也是因為沒聽見她真正的想法。

那計畫大膽到連繆里那樣的人都說不出「好，我幫妳！一定幫妳！馬上開始！」讓伊蕾妮雅下這種決心，一定有更大的原因。

「因為我看您不做那種事，也能在現在的世界過得很好。」

她在這裡似乎人面很廣，且如繆里所言，到遙遠的大陸去，勢必割捨現在的所有人際關係。覺得伊蕾妮雅的話難以下嚥，也許是看不見這部分的緣故。

「您認為我和鎮上的人處得很好？」

「或者有不少好朋友。」

若她說：「這是為了非人之人的大義。」我也沒什麼好說的。

可是她不像有這種英雄氣概。

「或許是這樣沒錯……」

我的問題使伊蕾妮雅稍微低頭。

接著抬起眼，看的是繆里。

「繆里小姐今年貴庚？」

繆里似乎立刻聽出了她的意思。

「……我娘不曉得是幾百歲了，不過我沒那麼老喔。」

那大概是想說自己的年齡和外觀一樣，伊蕾妮雅也像是聽懂了。

非人之人十分長壽。

而人卻不同。

「要說原因的話，那就是我的原因。我的朋友、我愛的人、愛我的人，都會被時間之河吞噬。當然，我還沒到達那種境界。」

話說得靦腆，不知是因為對自己年齡大於外觀感到害臊，還是以非人之人而言，她的年紀輕得像在說大話。

無論如何，繆里都停下了進食栗子的手，認真地注視伊蕾妮雅。

「而且，我有時會覺得很厭煩。」

「……厭煩？」

聽我反問，伊蕾妮雅看著手點點頭。

「身為一個經銷商，我相信自己建立了十分良好的信譽，有很多商行都會請我買辦。」

我也聽說過。

「這一部分是因為我本身是羊，看得出羊毛好壞，一部分則是因為我腳踏實地認真工作。」

那麼，這個需要她放棄那一切成就的夢想就更費解了。

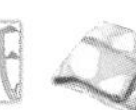

而且她生意做得這麼好，有什麼好厭煩的？

我注視似乎正思考如何開口的伊蕾妮雅片刻，那羊女抬起了頭。

見到的不是堅強，而是隨時會掉淚的軟弱。

「我並不想賺大錢。若只求溫飽，根本不需要那麼賣力工作。可是我就是停不下來，我很討厭這樣的自己。」

伊蕾妮雅要甩開某些東西般搖搖頭。

再度抬頭看我時露出的笑容，顯得莫名哀傷。

「我這麼賣力，不過是為了融入商人這個圈子。不過到現在，我還是覺得很孤單。而這樣的孤單只要混在人群裡，就永遠不會消失。因為我不會變老，必須定期更換據點，所以心思總是會飛到海的另一邊，想在誰也不認識我的地方重新開始。但是……」

吐露胸懷的伊蕾妮雅換氣似的停了一會兒，接著說：

「只要能建立我們的國家，狀況就不同了。」

伊蕾妮雅表白罪狀似的說完，視線無力下垂，看著手沉默不語。

繆里也紅了眼睛，在我和她之間看來看去。

伊蕾妮雅是羊，原本應該過群居生活。順利融入人世，和過得幸福快樂是兩回事。

粗淺的安慰只會造成反效果，而且我還是占據大半世界的人類這方。

猶豫到最後，我這麼說：

「您曉得哈斯金斯這位羊先生的故事嗎？」

出現在溫菲爾建國神話中，擁有黃金羊毛的羊之化身仍待在王國裡。這個名叫哈斯金斯的羊藏身於大修道院領地，以牧羊人身分召集同伴羊群，要將那裡作為他們的故鄉。

伊蕾妮雅擦擦眼角，抬頭微笑。

「那當然，可是那位大人的想法和我不同。哈斯金斯先生的構想非常偉大，不過我決定先照一句至今仍深烙我心的話去做。」

她講道似的說：

「那就是與其選擇逃避，不如抱起希望尋找自己該去的地方。這麼一來，無論是作商人還是任何行業，都能堅強活下去。」

「……」

「說這句話的人知道我的真實身分，還教我怎麼作個稱職的羊毛經銷商，是我最尊敬的商人。」

我無法回以隻字片語，或許是因為伊蕾妮雅說這話時的表情實在太美。

說不定，那就是戀愛的表情。

打聽她的風評時，有個商人說她說不定是愛上了雇主。

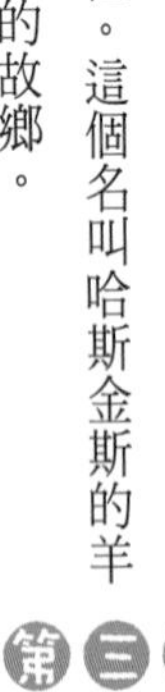

看來她也遇上了好人。

「在這個時代，我們這樣的人沒有一刻不在尋找退路。被迫潛息偽裝，放棄數不清的事物。我雖然是把解救自己擺在第一位，可是我也讓我們這樣的人看看，哈斯金斯先生的構想只是一種可能，其實還有完全不同的選擇。」

伊蕾妮雅的話使我啞口無言，繆里也睜大了眼睛，身體細細顫抖著。與我們隔桌相對的，是一頭四蹄立地，不屈不撓的羊。

「當然那會有憂患，會有困難，像寇爾先生和繆里小姐這樣肯聽我說的人並不多。我跟哈斯金斯先生幾乎是不歡而散。他問我，就算這個夢幻大陸真的存在，我又能拿獵月熊怎麼辦。」

她說到這裡只是苦笑，而我卻對她遭到同樣是羊，且又是傳奇人物的哈斯金斯質疑卻仍不氣餒，感到相當訝異。

此外，我也想過獵月熊的事。

「所以您打算怎麼辦？」

這個問題，伊蕾妮雅是這麼回答的。

「見到以後再說。」

乍聽之下非常魯莽，可是獵月熊傳說已經是太古時代的事，就連雙方為何開戰都不明瞭。這樣的魯莽或許能算是自然的結論。

讓我佩服的是她說得毫不遲疑。這樣的魯莽並非不經考慮的魯莽，而是諸多考量的結論。

那是與擁有爪牙的肉食動物不同的強韌。

這瞬間，我似乎領略到為何教會稱呼信眾為羔羊。

就是來自羊遭遇再大的狂風暴雨也絕不屈服，站穩腳步保持前進的模樣。

「我這些可憐的話，有打動您嗎？」

伊蕾妮雅忽然圓場似的這麼說。

雖有種走出夢境的感覺，但我不認為她在扯謊。不過她自己也明白自己的夢想多麼荒唐，隱約透露著知難而行的意志。

「我也知道要您協助我完成整個計畫太過分，所以只要一步就好，您願意幫幫我嗎？」

即使我在這裡拒絕了，伊蕾妮雅也會繼續前進吧。

正因如此，反而讓人想幫她。

「這事當然不急。寇爾先生您長途跋涉應該是有自己的目的，而且牽涉到稅金，就可能捲入複雜的政治鬥爭。」

伊蕾妮雅起身離席，在桌上留了幾個銀幣。

「我得回去工作了。再說下去，說不定真的會讓您以為我在編故事呢。」

說笑的笑臉也恢復商人的精明神情。伊蕾妮雅是個堅強的女孩，或許因此難以原諒她對我說的那些弱點。

我凝視堅強羊女的去向，久久不能自已。

直到繆里從旁捏我臉頰才回神。

「臭大哥哥。」

繆里表情不太高興。

「不可以喜歡她。」

不是平常說的「真沒有看女人的眼光」那種。

捏臉頰的手不怎麼用力，也許是因為她是真的擔心。

「我哪有這麼容易愛上她。」

「天曉得喔。」繆里說完就立刻恢復平時表情。

接著向旁一傾，抓著我輕聲說：

「我有點支持她耶。」

與其選擇逃避，不如抱起希望尋找自己該去的地方。

我離開紐希拉，是因為相信自己能戰勝教會這個強大的組織，進而改變世界。有事先準備必勝之策嗎？當然沒有。

我沒有回答繆里，拿起最後一顆栗子含進嘴裡。

口中頓時煙味四溢，接著是濃濃的香甜。

結束與伊蕾妮雅的對話而返抵會館時，發現門口有人等著。

原以為又是要我祈禱的員工，結果是約瑟夫派來的船員。

問題是他面色鐵青，說話又語無倫次，總之就是要我去船上一趟，我便隨他前去。

只見棧橋擠滿了人，但約瑟夫船上的甲板卻一個人也沒有。

還在納悶是怎麼回事，約瑟夫已經注意到我，一臉得救似的喊：

「喔喔！寇爾先生！」

「約瑟夫先生，這是怎麼回事？」

約瑟夫興奮難平地手按胸口，指著船說：

「歐塔姆大人來了。」

我驚訝不僅是因為歐塔姆真的出現，同時也是因為明白約瑟夫等人為何驚慌。

他們不懂歐塔姆為何又如何來到這裡，而且他在他們心目中是形同教宗的人物。

雖覺得無法說明有點過意不去，但由於時間寶貴，我便立刻前往船長室。

從甲板往棧橋望見的每一張臉，都是惶恐地看著我。

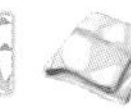

彷彿我要進的是關著猛獸的牢籠，不過那倒也沒錯就是了。

開了船長室的門，立刻就見到衣衫襤褸的歐塔姆。

「什麼事？」

他招呼也不打，劈頭就問。看起來不高興，可能是我多心了。

「……請問，這樣好嗎？」

我忍不住這麼問。歐塔姆多半只是直接來到這座港，不曉得這是什麼地方，只是見到認識的船便找人聯絡我。

船員似乎全是北島的人，肯定是嚇壞了。

「什麼好不好，不是你叫我來的嗎？」

「話是這麼說沒錯……」

人應該在北島的歐塔姆忽然出現在船上，是怎麼想怎麼怪的事，但他完全不在意的樣子。

「我說是黑聖母的奇蹟。」

他不耐地回答。可能是簡單地認為北島信仰全繫在他身上，這樣的藉口就能混過去吧。看他這個模樣，的確是很有說服力。人的外觀果然很重要。

「解釋得了就好……那麼，真的很不好意思，我有事想盡可能和您當面談。」

「嗯。」

歐塔姆表情藏在多年未修的鬍髮底下，很難辨識。

在他捻著長長鬍鬚時，船長室裡響起不相干的聲音。

繆里的肚子叫了，聽得歐塔姆直眨眼。

「想吃我嗎？」

「才、才沒有咧。」

雖然剛吃過栗子，不過中餐時間就快到了，路上又沒有買什麼東西吃。況且歐塔姆身旁還擺了各種食物，是約瑟夫他們拿來款待他的吧。

「隨便妳吃，跑來咬我就糟了。」

盤子上有剛出爐的麵包，幾片肉和起司。

見歐塔姆自己拿了塊麵包，繆里往我瞄一眼才大膽伸手。

「然後呢？你們來到這座港，應該是日前暴風雨的緣故，跟找我來有關嗎？難道要我背你們到勞茲本不成？」

歐塔姆撕下一小塊麵包，繆里則是直接啃，並回答：

「我們遇到羊了。」

在繆里大口咀嚼時，歐塔姆長長瀏海底下那對宛如深海的眼睛轉向了她。

「羊？」

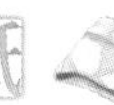

「我們昨天遇到一個羊的化身，她現在是遙遠南方商行的商人，目前在王國買賣羊毛。前不久還在和她談事情呢。」

「嗯。」

「然後那個羊咩咩說，海的盡頭有熊。」

繆里的紅眼睛裡又有怪怪的火苗在晃盪，但馬上就滅了。

「海的盡頭……有熊。原來如此。」

歐塔姆放下沒吃完的麵包，嘆了口吹搖鬍鬚的大氣。

「我能猜到你們要談什麼了，難怪要找我。」

「您聽說過嗎？那個……」

「就是大海盡頭的新大陸，還有守在那裡的獵月熊啊。可是羊怎麼會談這種事？」

「她想在新大陸建立非人之人的國家。」

與伊蕾妮雅對話時，會不自禁地覺得那真的可能實現。然而自己向他人說明起來，又會覺得那真的很荒唐。

歐塔姆的眼睛，變得像見到當時沉浸在天真想法裡，無法直視北方島嶼地區現實的我一樣，彷彿在問我怎麼會信那種事。

不過他最後只是閉上眼，聳聳肩說：

「我載到北島的鳥跟我說過這個傳聞，有些人很想到海的另一邊闖一闖什麼的。這樣啊，羊也想做這種事。」
巨大鯨魚浮在海面，和停在他背上休息的鳥聊天。
雖然這情景宛若童話，但是一想像伊蕾妮雅急切地向候鳥詢問海洋另一邊的事，胸口就忽然一緊。
羊飛不上天，游不過海，也不能像狼那樣長時間快跑。
但她仍為了那難如登天的夢想，一點一滴地盡其所能。
「可是，要是傳說是真的，能可不會歡迎新人。這部分她怎麼打算？」
「她說等見到再決定。」
若是伊蕾妮雅親自對他說，應該有巨大的說服力，可是由我說來就突然變得十分滑稽。
歐塔姆聽了當然是有所思慮。他看看繆里，作一段無聲的對話，最後聳個肩作結。
「大陸存不存在，我給不出什麼線索，候鳥們也一樣。因為無論是誰，都沒必要刻意跑去那麼遠的地方。但就我所知，西方的大海會持續非常遠的距離，底又很深，且深不可測，最後是一整片光也透不進的不毛之地。只有這點，我倒是能夠肯定。」
這時，歐塔姆又說：
「而獵月熊往西走的傳說，我想是事實。」

繆里倒抽一口氣，我也很驚訝。

難道伊蕾妮雅猜對了？

「海底有清楚的足跡。只是它實在太大，我花了一百年左右才發現那是足跡。在那之前，我還以為只是單純的地形呢。」

歐塔姆眼神飄渺地說，而我是完全無從想像。

繆里卻像是足跡就在眼前，眼睛睜得好大，麵包都握碎了。

不是因為發現可惡血仇去向，而是對海底足跡散發的冒險氣息感到興奮，讓我安了點心。

「我沒見過比我大的生物，可如果有那麼大的腳，那獵月熊的確是有能耐終結一個時代的怪物。」

「你、你怎麼沒有追下去？」

被激動的繆里責備似的一問，歐塔姆眨了眨眼。

接著慢慢地說：

「因為沒必要。」

真是當然至極的答覆。

「要我現在去追，我也不幹。」

繆里像是真的想問，用力把話吞了回去。

「原因有很多，最大的理由，就是不知道能不能回來。」

我們搭船需要三天的航路，歐塔姆一晚就游完了。

而且一定不是認真游。

這樣的歐塔姆，也不曉得能否歸返。

他現在嘆氣，是因為明白繆里一定要聽過解釋才肯服氣吧。

「海中也有水流。想往西，首先要往南游一段，進入流向西方豐沛洋流。只要順流而行，自己可以幾乎不用出力。」

「那哪裡有問題？」

「海流和坡道一樣，下去了就得爬回來。而且腳底下是光線只進不出的深淵，想找地方休息也沒地方能抓。只要待在水裡，就注定要被海流影響。要是進兩步卻退三步，就算游再久也回不來。」

歐塔姆都這麼說了，應該就是如此吧。

可是，這也給我一個疑問。

「這麼說來，有船從新大陸回來的傳說是假的嗎？」

歐塔姆聽了板起臉孔。

「也不能這麼說。因為從這裡往北一點，就有條來自西方的海流。」

繆里歪起頭，看著當盤子放午餐的圓麵包思考。

假如海有盡頭，那麼海流遲早會有斷的時候。如果海流能長久延續，就表示……

「也可能是畫了一個圓吧？」

令人嘆為觀止的豪壯海流，將海洋圈成大得無法想像的湖泊，且週而復始地轉？

這樣就不會有去了以後回不來的事了。

「是有可能，但我不曉得是不是真的繞成一圈，說不定只是海裡有一小部分往東流而已。洋流與海底地形有關，那樣的地方到處都是。妳要我這個老人家冒那種險嗎？」

歐塔姆先一步擋下了繆里可能說的話。

然後他嫌自己說得太多般閉上嘴和眼，但不是單純的沉默，若有所思地徐徐開口：

「不過人和我不同，可能是靠風力回來的。」

「風啊……討海人逆風也能前進的技術嗎。」

歐塔姆是鯨魚的化身，也是支撐北島生活的信仰中心，同時也是掌控海上貿易的海盜頭領。

「沒錯。風向與海流無關，而且哪個季節吹什麼方向的風都不會變。只要能準確掌握風向，要回來也不是不可能。人類擁有智慧和技術，才能夠成就我們做不到的事，統治現在的世界。就說這艘船吧，我怎麼也造不出來。」

歐塔姆環視房間這麼說。

能感到其中純粹的敬意。

「在這樣的技術面前，我們的力量渺小得可以。無論是病人還是嬰孩，只要躺在這裡就能渡海了。這在我看來簡直是奇蹟，祈禱算什麼。」

做苦行僧裝扮，引領北島人民的歐塔姆在鬍鬚底下露出笑容。

覺得這玩笑真糟時，歐塔姆頭忽而一抬，彷彿遙望遠方。

「技術……也對，技術啊。所以是那樣嗎？」

他囈語的側臉，很像我見過的一幅畫。畫中的修士，在執業中感到神光照進窗口。歐塔姆和他一樣離開座位望向窗外，睜大了眼。

以令人絕望的方式管理北方群島的歐塔姆說道：

「羊其實想打倒熊。要在熊的地盤上過活，只能這麼做。」

我將「不會吧」三個字吞回去，歐塔姆跟著看來。

「不讓人訝異就不是奇蹟了。」

歐塔姆剛說，人的技術才是奇蹟。

伊蕾妮雅擁有融入人類社會生存，並將其構造轉為己力的能力。如果她是因為有這樣的能力才敢作那種夢，會發生什麼事？

如果她話裡奇妙的說服力就是源自於此？

說「見到以後再說」時，她是那麼地果決。

那說不定是代表若能結下和議自然最好，假如不行，她也另有盤算。

伊蕾妮雅對自己羊性中的軟弱引以為恥，甚至有認為喜好依附族群的天性是種枷鎖的感覺。

可是她沒有屈服。因為伊蕾妮雅擁有面對巨大難題的勇氣。

「話說回來，羊要殺熊這種事還是很不尋常。會找我來談，就是因為你雖然半信半疑，但就是無法忽略她，沒錯吧？」

正是如此。

歐塔姆輕嘆一聲，看向自己盤腿的腳趾。

「航向大海西方極境，應該會是就連生活在海裡的我都會膽怯的大冒險。要是可能和熊扯上關係，那就更可怕了，所以我不會隨便要你幫她。」

對這話感到意外的我注視起他的臉，而他緊接著說：

「可是幫她做點陸地上的事，應該無所謂吧。」

完全沒想到歐塔姆會這麼說。錯愕之餘，歐塔姆繃起鬍鬚底下的表情。

「說不定她也像我一樣，不知道怎麼走下去了。」

緊繃的表情，像是在掩藏愧意。

在北方島嶼地區，歐塔姆以自虐的方式引領人民。

我不認為那種方法能長久到哪裡去，而如今看來，他也有此自覺。且歐塔姆也是非人之人，儘管物種不同，仍會受到同類意識的影響。又或者他敬佩伊蕾妮雅膽敢挑戰古老傳說的勇氣，才會想提供協助。

「夠了嗎？我游了一整晚，很累了。」

原以為歐塔姆與疲累無緣，但既然他都這麼說了，我也不好強留。況且他提供的已經超過我的預期。

「非常感謝您的建言。」

道謝後，我也催繆里起來。為準備出航，約瑟夫這艘船還有堆積如山的工作等著做吧，占用房間太久並不好。

「我會在這裡待幾天，有需要再找我。」

真是可靠的援手。我再度向歐塔姆道謝就離開了船長室。

約瑟夫一臉的著急，可是我當然不能說出我們談些什麼。

我也向他道謝，走過棧橋回到港口。

「大哥哥，現在該怎麼辦？」

現在重要的不是該怎麼辦，而是我想怎麼做。到頭來，我還是無法確定伊蕾妮雅的話是真是假。

能確定的是，無論伊蕾妮雅再怎麼堅強，一個人能做的事還是有限。而事到如今，有人願意提供幫助是多麼可貴，更沒有懷疑的餘地。

我大口吸氣，轉向繆里。

「航向大海另一邊的部分，目前我還不能答應。」

聽我這麼說，繆里的臉立刻亮了。

「可是你還是會幫伊蕾妮雅姊姊吧？」

她的稱呼從羊咩咩變成伊蕾妮雅姊姊了。

「至少徵稅和我的理念是同個方向。」

我的理由當然不僅如此，繆里也應該知道。

她高興地湊過來，勾纏我手指。

「我就是喜歡這樣的大哥哥。」

我對釋然而笑的繆里聳聳肩，她笑得更開心了。

伊蕾妮雅所說的世界和我想像的完全不同，繼續前進下去，或許會看見不想看的世界。

「願神保佑。」

繆里抬起頭，笑嘻嘻地對說說：

「有我陪你，沒什麼好怕的啦。」

「……」

我沒唸她，忍不住笑了。

在不畏神魔的分上，繆里可是不落人後呢。

既然和歐塔姆談出結論了，我便直接去找伊蕾妮雅。

我並沒有全盤相信伊蕾妮雅對王國真正企圖的假設。

不過她的計畫並不是一時興起，看得出一定程度的周詳思慮，而她敢於面對艱難的勇氣也使我打從心底敬佩。而且，歐塔姆的一句話令我感觸頗深。

——說不定她也像我一樣，不知道怎麼走下去了。

若無法弭除他人的煩惱，信仰也只是空談。

「人家說找船的招牌嘛。」

在任何城鎮都是類似型態的店家，往往會聚在一起，構成我向攤販打聽到的典型旅舍街。這裡龍蛇混雜，充滿喧囂與活力。不和路人對上眼，不是因為他們外表凶惡，而是語言可能不通，又可能正在為旅途的事發愁。

總之這裡有種獨特的氣氛。

若打個比方，就像是野貓聚集的地方。

「找到了！」

繆里指著一塊吊在屋簷下，銅鏽斑斑的圓招牌。上頭有艘船，船頭又高又尖的樣子很帥氣。

推開門，牛鈴的慵懶聲音隨之響起。酒吧一早就生意就很好，幾無虛席。若是在鄉村酒吧，一開門就會引來整間店打量的眼光，可是在這裡誰也不理我。

我穿過一張張桌子之間往內走，向翻著帳簿的老闆問話。

「伊蕾妮雅．賽吉兒？喔，黑羊賽吉兒啊，她剛好回來了。三樓最裡面的房間。」

老闆頭也不抬地說，始終看著帳簿。黑羊一詞讓我有點錯愕，但她的頭髮的確會讓人想到黑羊毛。原本只是想留言，不過當面對話還是快多了。我道個謝就上樓，見到走廊上有幾扇門敞開，傳出爽朗的談話和音樂聲。

伊蕾妮雅的房間就在這條走廊的最深處，且一看便知。

因為門邊堆著高高的木箱和麻袋，露出碎布與羊毛團，門上還用羊頭骨作裝飾。

「……」

繆里剛認識伊蕾妮雅時，還曾顧及她的感受而不敢吃羊肉，表現出體貼的一面。結果現在見到門上就掛著羊頭骨，整個人都傻了。

「搞不好有魔法喔。」

正想敲門時，門把喀嚓一轉。

「……抱歉，又來打擾了。」

伊蕾妮雅從門後愣愣地看著我們。

「我倒是很期待，可以吧？」

接著露出玩笑式的笑容，開門迎接。

為房內景象驚訝的，不只是繆里一個。地上東西堆得幾乎沒地方走，且大多是羊毛或羊毛捆之類的貨物。

「不好意思，房間很亂。要去外面談嗎？」

「不用，這裡就好。」

走進房裡，感覺像是進了羊毛蓋成的屋子。

「好多種喔。」

聽繆里目瞪口呆左顧右盼地這麼說，伊蕾妮雅開心地微笑。

「在王國養出來的各種羊毛都在這裡，一應俱全喔。」

的確，顏色和長度各式各樣，有些甚至不像同一種羊毛。

隨意看了一會兒，發現某個角落有團黑漆漆軟綿綿的羊毛。

外行人也能看出它光澤亮麗，似乎很保暖。

「像這種就真的很棒耶。」

我摸著露出來的部分這麼說，結果繆里突然打掉我的手。

錯愕地看過去，她跟著往房間角落使眼色。

只見伊蕾妮雅難堪地縮著身子，滿臉通紅。

「啊，難道這……」

看來這是伊蕾妮雅的羊毛。

「哪、哪裡，您過獎了……」

伊蕾妮雅奮勇一笑，清咳兩聲後認賠似的說：

「反正是免費的嘛，我實在不想白白浪費。」

「很好很好。」

我也不曉得自己在很好什麼，繆里聽了大聲嘆氣。

繼續下去不太好，於是我拉回話題。

「那個，我們自己打聽了一些事情。」

伊蕾妮雅也端整姿儀，頭上不知何時多了對大羊角。見狀，繆里也露出耳朵尾巴。該不會是和商人脫帽，貴族脫手套行禮是同樣道理吧。

「也知道妳甚至向候鳥問過新大陸的事。」

從這一句話，她似乎也察知我是用何種管道打聽她所言真偽。

「那麼——」

伊蕾妮雅的頭髮充滿期待而膨起。

「是的，請讓我助您一臂之力。」

話一出口，伊蕾妮雅就掉淚了。

嚇得我趕緊補充。害她過度期待就罪過了。

「可是我還有很多事情有待了解，暫時只能幫妳徵稅。」

「沒關係……這樣就夠了。」

伊蕾妮雅擦擦眼睛，堅強地抬起頭露出笑容。

「請您多多關照了。能見到您……一定是神的指引。」

她是非人之人，不信奉人所說的神，所以那應該只是用來形容她的感激，不過也沒有更好的說法了吧。她握起繆里雙手道謝的樣子，看不出任何做作。

大概是因為她認為我們是直到這一刻，才真正當她的想法是一回事。

「那麼大哥哥，這次要派上用場喔。」

繆里吐盡悶氣似的說。

我不能再重蹈北方島嶼地區時的丟人覆轍。

既然決定要幫，就得全力以赴。

「那麼，該什麼時候開始徵稅？」

伊蕾妮雅急忙拭淚，拿出商人樣說：

「隨時可以。」

做好事永遠不嫌早。

於是我回答：

「在開始之前，我有個請求希望您這個羊毛經銷商成全。」

「儘管說。」

伊蕾妮雅輕飄飄的黑髮，隨頷動的頭柔柔一晃。

如同言行舉止會體現一個人的個性，服裝也無疑是種無聲的語言。

雖然我不懂商人或工匠的語言，在信仰領域倒是有點自信。

在伊蕾妮雅房裡，她和繆里都面泛複雜的微笑。

「天啊……大哥哥好像變得很偏執孤僻耶。」

「好奇妙喔。剛剛還像是做人太老實，有點靠不住的年輕商行小少爺呢。」

看來她的確替我塑造出了我想要的形象。

我穿著伊蕾妮雅找來的粗毛大衣，線紡得很粗糙，到處是一撮撮的毛渣，穿得皮膚刺痛。而且就只是笨重，一點也不保暖。藉自殘進行嚴格精神訓練的流浪修士，都偏好穿這類服裝。

原本想直接裸身穿上，強忍會逼瘋人的不耐，不過做得太誇張反而容易露出馬腳。

當外套穿就差不多了。

「重點在於不要看起來太寒酸吧。非常像是個不懂變通，橫衝直撞的年輕小伙子。」

年紀不到我一半的繆里人小鬼大地下這種評論。而繆里的打扮是和我相反，穿著柔和溫暖，顏色像現擠牛奶的毛線袍。戴上兜帽微笑起來，就完全是個身分高貴，知書達禮的修女。

「聽說詩人歌頌我為『黎明樞機』。如果真有這樣的人，大概就是這樣的感覺。」

在我熟知的領域，就想像得出大致的形象了。

聽斯萊提到這個稱號時，我還以為他在開玩笑。可是從會館每個人的反應來看，這裡是真的把我傳得天花亂墜，我便決定盡可能地利用這個形象。

「這樣穿就應該不會被轟出門了吧。」

「不管怎麼說，我還是很難相信主教竟然會動粗。」

我不敢恭維地說，而伊蕾妮雅只是微笑。這樣的反應，就是她成為成功商人的功底吧。

「好了就走吧。」

要是穿這樣在街上走，消息傳開就糟了，所以我換回原來衣物再出外。

路上伊蕾妮雅告訴我，她是用五十枚盧米歐尼金幣標下這個徵稅權。那是這世界最知名的金幣，若省著點用，一枚就夠一家子過一個月，對於她這個羊毛經銷商而言應是筆鉅款。

對平時的大教堂而言，這金額或許是不算什麼。不過大教堂已經三年沒有收入，狀況還不知道會持續多久，想必不會輕易說給就給。

「如果是日夜經手龐大金額的大商行，或許還能用點政治手腕逼教會付錢，可是小鎮的商行就不行了。萬一日後教會在對立中占了上風，弄不好還會被大教堂報復，風險不合算。這就是徵稅不順的主因。」

「伊蕾妮雅不會不——」

問到一半，我就想起了答案。

「對，反正我是外地人嘛，再有仇也只到我離開到下個據點為止。」

繆里踩了我一腳。

自覺失言之餘，我也發現一件事。

「妳每到一個新地方，都會換一次新買賣嗎？」

聽說伊蕾妮雅在這裡提供羊毛給多個商行，那麼據點只要一變動，信用就要從頭累積，實在很不容易。

「表面上是這樣，不過交給我這份工作的人知道我的身分，他會替我介紹工作。」

能在人類社會生活的非人之人，不是有特別的才幹，就是有貴人相助。伊蕾妮雅雖顯然是有才幹的人，不過主要是屬於後者吧。

「妳真的遇到好人了呢。」

聽我這麼說，伊蕾妮雅露出少女的笑容。繆里一見到海蘭就會咕嚕嚕地吼，不過在伊蕾妮雅面前卻不會那樣，一定就是這張笑容的緣故。

因為那完全是戀愛少女的表情。

「可是他算不算好人，其實很難說。」

「咦？」

「他是一個為了金幣，連命都可以不要的人。他可能根本不管我是不是羊，只因為能賺錢才培養我成為一個羊毛經銷商。」

商人裡是真的有這種人。

不知死活，娶別名賢狼赫蘿的巨大狼之化身作妻子的男人，也是旅行商人。

「當然，我能在人類社會混口飯吃，都是承蒙他的恩惠。能標下徵稅權，就是因為有他幫我，我對他的感謝是怎麼說也說不完。只是……」

伊蕾妮雅欲言又止，難堪地笑。

「最近見到他，他都會抱怨我都是這麼年輕，讓我有點難過。」

金錢買不回青春。

不過伊蕾妮雅的語氣，只像在埋怨情人的不是。

「我的夢想之一，就是替他賺一筆可以讓他年輕回來的錢喔。」

可以窺見藏在她側臉底下的認真。不想見到他死去，一定就是伊蕾妮雅想逃離人世的原因之一。

但伊蕾妮雅沒有選擇終日與悲傷為伍，而是懷抱希望。

在海角底下所望見的大教堂，就是她第一個試金石。

「我們走。」

隨伊蕾妮雅毅然一呼，我也奮勇向前邁步。

爬完長長的石階，我們來到依然杳無人蹤的廣場小屋邊。

從海角上鳥瞰港口，能看見港外海上有幾艘小船。許多海鳥聚在上頭，是漁船吧。

「主教他們都住在大教堂裡嗎？」

我一時好奇地問，伊蕾妮雅一邊從懷中取出羊皮紙捲一邊說：

「以前鎮上有座豪宅供他們起居，可是隨著王國和教會的對立日益嚴重，他們也把自己關進大教堂了。」

「這……是害怕來往的途中會有危險？」

「可能也是有，不過主要是害怕一離開大教堂，就會被議會占據吧。」

這話讓我想起主教趕走伊蕾妮雅時的憤怒表情。

假如那來自某種恐懼，有如受傷的野獸，的確是說得通。

「燈塔的火堆也是主教管的？」

「以前另有一個燈塔管理員，現在好像是主教在管沒錯。雖然他們禁行聖事，可是沒有禁止給燈塔點火。鎮上嘴巴比較壞的人，還說點火是期盼教宗的軍隊會從大陸來幫他呢。」

受過教會直接迫害的人，都會說這種話來洩恨吧。

「不過我想，那其實是為了避免鎮上的人拿火沒點為由硬闖大教堂。」

無論在哪座城鎮，大教堂的門都是隨時敞開，為求助者提供庇護。

如今這扇門卻因為互不信賴而緊閉。

「正面的門應該都上了閂，我們走後門吧。」

繞到到教堂背面，有幾隻海鳥窩在那裡，像在避風。

人靠近了也不躲，不像是因為鳥獸之間心靈相通的關係。

「牠們都在港口生活，早就習慣人了。在這裡吃飯的話，還會被牠們搶呢。」

海鳥們似乎聽得懂伊蕾妮雅的說明，跟著尖聲鳴叫。

經過嵌上鐵欄的窗口，靠近海角尖端後才終於見到後門。那是扇粗獷的鐵門，門上有個窺視窗。

伊蕾妮雅站在門前大口吸氣，拍響鐵門說：

「主教大人！主教大人！我是代表迪薩列夫議會來的！」

毫不客氣的喊叫和拍門聲，嚇得海鳥全部飛走。

伊蕾妮雅更用力拍門，繼續說：

「主教大人！國王陛下給議會下了令！要是不開門，會以叛亂罪論處！」

雖然聽來誇張，但或許真是這麼回事。

不一會兒，鐵製的窺視窗向橫滑開。

「主教大人，如您所知，我這是奉議會的令，來向大教堂徵稅。」

露出窺探窗的灰色眼睛滿是憎惡的光芒。

「不知好歹，妳還敢來？徵什麼稅啊，王國什麼時候變成神的金庫了？」

「我們不是要拿您為天國積攢的財產，就只是要把刻有國王頭像的貨幣歸還給國王而已。」

這是借錢或收稅時的慣用說法，主教當然是不為所動。

「沒有真憑實據的課稅就沒有正義可言，形同搶劫。國王的傲慢之舉一定會招來天譴。」

「既然您這麼想，何不先繳稅再說呢？假如那真是不義之舉，神一定會揭發真相的。」

主教對伊蕾妮雅瞪大了眼。儘管口舌之爭上是伊蕾妮雅有利，可是兩人之間隔了一道鐵門，總不能撬開門搬走金幣。

「強詞奪理！」

就在主教要關上窺視窗時——

「請等一下。」

聽我插嘴，關到一半的窺視窗停住了。到這一刻，主教似乎才終於發現除了伊蕾妮雅之外還有其他人。

「做、做什麼？」

他原想罵人，可是見到我的模樣而忍下氣來問。

聽斯萊說，王國的聖職人員幾乎都逃回大陸了。

主教的表情顯得頗為緊繃，或許是拚了命想掩飾在敵陣見到友軍的安心。

我刻意穿成這樣，除了增添威嚴，也是為了喚起主教的同類意識。

「我名叫托特．寇爾，最近向這位伊蕾妮雅．吉賽兒聽說過這城鎮的一些事，覺得自己或許能略盡棉薄之力，所以來此拜會主教大人您。」

主教害怕地看看我，再看看伊蕾妮雅。

「我來自港都阿蒂夫，主教大人或許聽過一些我的傳聞。」

剎那間，主教門後傳來倒抽一口氣的聲音。以阿蒂夫為起點的教會改革，風聲應也傳到了這裡。據說積金累玉的眾多教會和修道院的人，來向海蘭尋求仲裁。

要是他有過這段經歷，我不會是他樂於接見的人。

「怎、怎麼可能。這個人就是『黎明樞機』？」

看來這個稱號真的傳得很廣。

略感無奈之餘，我答話說：

「我是什麼人，神最清楚。可是，我想請您先看看這個。」

我從懷裡取出的是海蘭要我前往勞茲本的信，信上有她的屬名和蠟印。

海蘭給我這封有別以往的正式信函，說不定就是為了幫我解決一些麻煩。

我對主教攤開信紙說：

「我和北方群島的隱修士歐塔姆見面之後，本來要到勞茲本去，結果被暴風雨吹來了這座港。我忍不住猜想，這或許有某些含意。」

主教直盯著攤平的信紙看，也不知有沒有在聽。

對這王國的大教堂管理者而言，海蘭這名字想必是非同小可。

「此外，我個人也希望替這座城鎮盡快找回心靈上的安寧。這裡的靈魂已經三年得不到寬慰，實在是太久了。」
不僅是人民如此，這位主教也不好受吧。
屈居大教堂，活在議會的軍隊或是發狂的暴民不知何時攻進來的恐懼中，肯定是種折磨。
「身為一個外地人，我應該能同時幫上雙方的忙，不知您意下如何？」
再怎麼說，我也不是來大教堂放火。
不知是主教明白了我的心意，還是覺得拒絕有貴族厚待的聖職人員入內參訪會落人口實，他慢慢閉上眼睛，離開窺視窗邊。
接著是鎖具開啟的聲音。
「請進。我不會驅趕神的奴僕。」
鐵門開了。
我行注目禮後入內，繆里跟著進來，伊蕾妮雅卻被擋下。
伊蕾妮雅隔著主教往我探頭。鑑於昨天的爭吵，主教想必一點也不信任她。
「伊蕾妮雅小姐，我來談就好了。」
她似乎有話想說，但最後仍老實頷首。
「拜託您了。」

主教關上鐵門，並上了鎖。

通道頓時一片黑，黴味撲鼻而來，塵埃在探入鐵門縫隙的光線中飄揚。

有個狼鼻的繆里立刻打了個大噴嚏。

「請往裡面走。」

石牆上留了等間隔的凹洞，擺放著兩名天使高托平台的燭台，但是看得出來已經很久沒點蠟燭了。

教堂裡靜得出奇，來自室外的海鳥叫聲，彷彿比外面來得更清楚。

「這邊請。在這時間，這裡是最暖的房間。」

主教帶我來到擺了張長桌的房間。側面的牆上鑲了不少玻璃，牆上吊掛繡有多名天使的大壁毯，不太像餐廳。

這裡多半是主教等這教堂的歷屆主人每天辦公議事的地方。

以嚴格眼光來說，裝潢可能偏於奢侈，但老實說，我覺得這裡像個廢墟。

「要喝點什麼嗎？不過我這沒什麼好招待的……」

「不必麻煩了。」

在玻璃罩住的燈火下，主教看起來十分憔悴。雖然歐塔姆更是骨瘦如柴，可是這裡沒有任何事物支撐他的內在。

要是主教脫了衣服，發現底下空無一物，我或許不會吃驚。

「那麼。」

壯年的主教按著膝蓋坐到椅子上。

「我……不，這座教堂到底會變成什麼樣？」

面對伊蕾妮雅時的凶惡面孔消失無蹤。

不僅如此，他還忽然雙手掩面，失聲痛哭。

第四幕

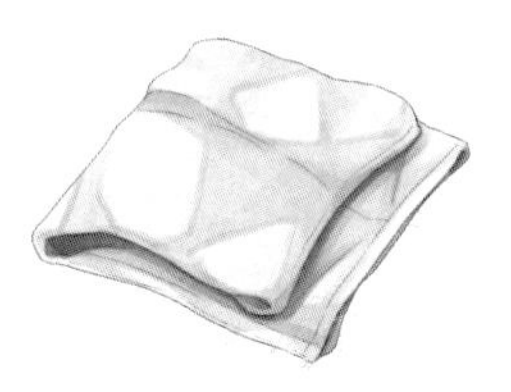

我和繆里面面相覷，安撫掩面痛哭的主教。等他終於鎮定，便開始零零落落地說明狀況，內容令人一時難以置信。

「我叫哈勃，根本就不是什麼主教。我原在大教堂作主的土地放羊，只是普通的牧羊人。」

我聽得不禁屏息。

「我和主教大人長得很像，所以他常找我頂替他。像前晚酒喝多了的禮拜，儀式性的典禮之類，只要是我穿主教的衣服站在那裡就好的場合，幾乎是由我代理。」

倘若眼髮顏色和身材都相仿，再蓄點鬍子，外觀的確可能難以辨識。在不得不開口的時候，主教這地位的人說的話幾乎都是那幾句。只要長得像，或許誰也不會懷疑。

「最後，連這麼重大的事都被推到我身上……我真的已經受不了了……」

我想我發現為何主教留在這裡，不返回鎮上住所。

不是主教本人，就算外觀酷似也的確進不了家門。

這就能解釋他昨天對伊蕾妮雅的暴行。

「那麼，主教究竟人在哪裡？」

仍掩著面的哈勃搖搖頭。

「他說要去找教宗告狀就再也沒見到他，只有偶爾寄些信回來。」

我可沒好心到會相信主教能會見教宗。多半只是想找個替死鬼，自己躲起來逍遙。

「我知道這樣做不對，可是我走了以後，就沒人照顧這裡了。況且要是大家知道主教早就跑了，這座教堂的名聲也會一落千丈。我是看靠我一個說謊就能解決這一切，才繼續扮下去……」

主教選哈勃作替身或許不是只因為長相，也是因為他這份老實吧。

而且他原本是牧羊人，地位極為弱小，沒有更好的選擇。

「不知幸或不幸，這一年來倒是過得還可以。鎮上沒人會上教堂，和教堂有契約的商行也會定期送食物來，可是情況急轉而下……」

原因出在阿蒂夫吧。王國與教會的對立，從膠著狀態往新局面變動。其漩渦以各種無從計算的緣由，捲入了無數想不到的人，且不斷擴大。

「就只是這一個月的事。平常送食物來的商人，每次都會說些很可怕的話。例如教會的權勢就快被連根拔起，要用異端之名把貪財的肥豬送上火刑台；神的代理人黎明樞機會來到這裡，把這些變成現實等等。」

哈勃蜷著身體這麼說。商人說這些惡毒的話，和追打跌落王位的王是一樣的吧。接著，他繼續說：

「雖然商人應該不是真心想殺我，可是……我究竟會不會被燒死呢？」

一見到他這時的表情，我就明白哈勃為何迎我進門了。無論未來會有何種下場，他都無法再忍受這種前途迷茫的狀況。

我的視線從深深垂下頭的哈勃移向牆上壁毯。畫中天使各個神情肅穆，圍繞滿桌佳餚。有能力撒個謊騙人是一回事，長期矇騙下去又是另一回事。

我是可以指責哈勃的不是，但我想那不是明智之舉。

而且冷靜想想，哈勃也有可能在說謊，或是主教想演一場瞞天大戲。繆里的母親賢狼赫蘿，擁有能輕易看穿人言真偽的特長，不過繆里人生經歷尚淺，不夠可靠。

更重要的是，繆里正用「這個人好可憐喔」的眼神看著我。

那麼最好的選擇是什麼呢？

修習神學的我，談理論道是輕而易舉。回答針尖上能容納幾個天使跳舞這種問題，我拿手得很。

「我是這麼想的。」

哈勃抬起頭，繆里也擔心地看來。

「您是什麼人，都逃不過神的眼睛。您可能是牧羊人哈勃，也可能不是。」

「我——」

在哈勃解釋之前，我出手制止他。

「所以，我們直接談稅的事。」

聽我突然轉折，哈勃睜圓了眼。

「我是因為無法容忍教會惡習，想替世間找回信仰的正確形式才離鄉遠遊，一點也不希望教會從此消失。教會絕對有存在的必要。可是在羊毛這件事上，教會明顯是太過分了，非得要他們彌補過錯不可。」

前言說完，我道出正題。

「若您是演技高超的主教大人，應該知道在這時賦稅，表示對過去積惡的懺悔，能給人們留下好印象。若您真的是牧羊人哈勃，硬是被主教留在這裡，那麼只要您代替主教賦稅，人們就會認為您是站在他們那邊，而不是主教的手下吧。然後最重要的是……」

我乾咳一聲，再道：

「無論何者，人們都會知道教會想藉由賦稅來彌補過錯，我想屆時大家也願意替教會說幾句話。」

有我的仲介和海蘭背書，相信城鎮與教會的關係不會繼續惡化。

作主教裝扮的壯年憔悴男子呆然看了我一會兒，最後半信半疑地點點頭。

不久，他似乎終於明白我的意思，眼神恢復神采。

「可、可是，還有個問題。」

「問題？」

「對，教堂裡沒有錢能付了。主教大人離開教堂的時候，把金庫都搬空了。」

的確是很可能有這種事。

即使眼前這位就是主教，也應該藏起來了吧。

不過沒錢，並不代表真的無法支付才對。

「只要還有與大教堂有歷史淵源的聖物，人們就會願意繼續捐獻香油錢。」

「聖、聖物？請問……這是……」

「就算沒錢，只要有能換錢的東西就行了。」

例如掛在牆上的壁毯，或各種家具擺設。就算主教逃跑時帶得再多，也不太可能一口氣搬走全部家當。

「可是我不曉得這裡的東西值多少錢啊。」

對於哈勃這個問題，我的答覆是：

「等在外頭的是個商人。如果您不相信她估的價，我會負責為您介紹一個信得過的商人。」

哈勃沒有立刻答應，是因為他本身就是主教呢，還是認為自己只是個牧羊人，沒權力下這種判斷呢。

無論如何，他已經知道不是滿嘴不管不知道就能矇混過關了吧，不然他就不會請我進門了。

他吐出屏住的氣，說道：

「那就麻煩您了。」

「謹從天意。」

這麼回答後，我便離席站起。

我雖不敢說自己的判斷完全合乎信仰規範，但我認為這部分就是我能力的最大所及。畢竟哈勃若真的接下了主教的燙手山芋，那麼闡明狀況說不定會把他壓垮。

在北方島嶼地區，我目睹執行正義不一定會帶來正義的結果。

在我這麼想著，走過陰暗走廊的途中，哈勃赫然止步轉頭。

「那個，能先問您一件事嗎？」

他的側臉有種精悍之氣，的確有牧羊人的感覺。

「那個年輕女商人真的能信嗎？」

沒有垂死掙扎的感覺，眉間有真切的感情。

「她是羊毛經銷商，聽說作生意很實在，以前見過嗎？」

假如他是假的牧羊人，或許能窺見些許驚慌，可是哈勃卻平靜地搖了頭。

「不，沒見過。我平常很少到鎮上來，只知道用這雙手養羊剃羊毛而已。」

或許真是如此吧。

「既然羊毛經銷商能標下徵稅權，表示她也很優秀吧。」

哈勃嘆一口氣，露出近似死心的表情。

「您可能已經聽那個商人說過了。昨天她來到這間教堂，而我對她很不客氣。」

的確是臭罵了一頓，轟她出門。

「不過我要先告訴您，那不是沒有原因。」

「怎麼說？」

「昨天她來的時候，是裝成外地信徒的樣子，我一不小心就請她進來，還為她祈禱身體健康、生意興隆、旅途平安什麼的。」

所以才會從正門趕她走，而不是後門吧。

「所謂花言巧語，指的就是那樣吧。」

哈勃這麼說之後，表示他變得很害怕伊蕾妮雅。

「我連她是什麼時候提到徵稅的事都想不起來。那是我分外的事，要是她一開始就談這件事，我早就攆她走了。可是不知不覺地，說話的主導權完全被她抓走，我一點辦法也沒有。所以我單純是害怕才動了粗，怕她其實不是人。」

優秀商人善於看穿人的心思，攻破心防。沒接觸過的人突然中了對方的話術，以為是魔法也不奇怪。

「請別當我是在報復才這麼說。我是在大教堂的土地放羊的人，領的是教會的糧餉，可是每天都覺得教會有很多我無法接受的地方，也曾想過教會應該要樹立更正確的榜樣。所以我要說，不可以相信那個女孩。」

繆里似乎不太高興他對伊蕾妮雅的批評，擺起臭臉。

且不論這個，我倒是覺得這個狀況很奇妙，簡直如童話一般。

陰暗走廊的盡頭，有扇透點光過來的鐵門。一隻羊來敲門，想進入這個神的羔羊聚集的地方。可是裡頭的牧羊人，卻懷疑她不是真的羊。

而且真正的狼就在他身邊，穿著羊毛織的袍子，想助羊一臂之力。

「這一路上，我遭遇了很多讓我了解自己有眼無珠的事。哈勃先生，謝謝你的忠告，我會認真看待。」

哈勃雖然一副懷疑我是不是真的了解他懸念的表情，最後仍低頭道謝，繼續往外走。在這個連信仰都頻繁動搖的時代裡，相信他人必然伴隨危險。

在這份上，走在我身旁的繆里就顯得十分珍貴了。無論發生什麼事，我都能信任她。

「？」

有頭摻了銀粉般獨特灰髮的繆里，在牛奶色的羊毛中露出耐人尋味的表情。假如天真這個詞有具體形象，一定就是這模樣。

我對她微微笑，繼續前進。

哈勃開啟門鎖，陽光隨海浪聲探入走廊。

哈勃和伊蕾妮雅見面時，氣氛緊繃了一下。雙方應該都有滿肚子的話想說，但都曉得在這鬧事不會有任何好處。

哈勃不情不願地請伊蕾妮雅入內，伊蕾妮雅也絕口不提昨天的暴行。

取而代之的是她一進門就問：

「所以現在是什麼情況？」

「這裡好像沒有金幣銀幣能給您，希望拿等值物品繳稅。」

對伊蕾妮雅而言，已經是如願以償了吧。

「可是——」

我接著補充：

「請務必公正估價。」

我無從判斷聖人涅克斯之布的價值，說不定會有人肯出遠超乎五十枚金幣的高價來買。聖遺物的價值有時是難以想像地高，的的確確是鎮堂之寶。

「那當然。」

在會館，知道的都說伊蕾妮雅是個誠實可靠的羊毛經銷商。若有需要，請德堡商行會館的斯萊來估價也行。

這時哈勃開口了：

「可是妳要怎麼做？要搬桌椅壁毯，搬到足夠五十枚金幣為止嗎？等妳搬光了，這裡也沒辦法做禮拜了。」

伊蕾妮雅毫不猶豫地回答：

「能讓我先看看教堂的寶庫嗎？」

哈勃往我看，我跟著點頭，讓他無奈地垂下肩膀。

教會或教堂都有一定的基本構造，這座大聖堂也相去無幾。

核心即是聖壇，聖壇前有條筆直的通道，通道兩側是信徒每日祈禱的地方，且大抵是擺放長椅。信徒座位外側同樣受通道圍繞，往聖壇後延伸，盡頭是禮拜室。基本構造即是如此，周圍再加上各種房間，堆積出各建物的特色。

其中，寶庫大多設在聖壇後方或聖壇與禮拜室之間，因為那裡是建物裡最神聖的地方。有的是祭壇高於周圍地面，將寶庫設在其下。

迪薩列夫的大教堂屬於後者，寶庫的門位在聖壇邊通道往地下走一段的位置。通道沒有開窗，一片漆黑。哈勃點起蜜蠟燭照路，繪於石牆的聖經故事在黑暗中朦朧浮現。不用獸脂蠟燭，是避免黑煙熏壞壁畫或器物吧。

哈勃將手上燭台置於牆上的燭台孔，取出沒有雕飾的大鑰匙。鑰匙比成人的手還大，讓繆里很感興趣。

插入門鎖的聲響也很特別，或許是刻意要人期待門一開就會見到沉光閃耀的金山銀山。

「這裡就是寶庫。」

可是哈勃帶我們見到的，只是普通的倉庫。

「我想最有價值的就是禮拜用的器具……」

房間相當大，不愧於大教堂的寶庫，然而架上普普通通，沒有特別起眼的東西。而且這真的比較接近倉庫，食物等雜物也堆放於此。

「這裡是教堂裡唯一老鼠也進不來的地方。」

因為四面都是厚實石牆吧。

「這裡可沒有金子打的洗禮盤。」

伊蕾妮雅觀望層架時，哈勃這麼說。

假如他是主教，一定早就藏起來了。若是牧羊人，也會時常檢視寶庫，以防竊盜。架上有幾個禮拜用的銀杯銀燭台、用來鋪在聖壇上的紅布、作裝飾的金線銀線，和幾本聖經或祈禱書。

我跟在伊蕾妮雅之後檢視層架，同時繆里拉了拉我的衣襬。

低頭一看，發現一個鐵之類金屬製的魚頭，且不只是巴掌大，足有一整抱。

「那是慶典用的東西。」

哈勃的說明讓繆里的眼睛馬上睜大。

「我們這有非常火熱的慶典。會在海角底下一路堆柴到教堂門口，點火燒過去，然後讓這個魚雕游過火河。」

全部組合起來，大到好像能裝下整個繆里，多半會用鐵棒撐著走吧。慶典是在夜間進行，據說視力好的人，能從北島見到慶典的火光。

我試著想像漆黑夜空底下，金屬魚在黃澄澄的火河中游動的樣子。

一定令人印象深刻。

「是因為有那種傳說嗎？」

至少聖經裡沒有那樣的故事，所以我才這麼問。哈勃聽了輕笑道：

「這裡也是漁夫之城，烤過的魚數也數不完，他們也會擔心這樣還能不能上天國。」

原來如此。不過魚都死了還得在火河裡游泳，感覺怪可憐的。

「每年都會吸引很多人來參觀，只是去年和前年都沒辦。」

哈勃的表情是單純的落寞。

這時，伊蕾妮雅檢視寶庫一圈回來了。

表情無光。

「這下妳明白，這裡沒有東西能夠賦稅了嗎？」

聽了哈勃疲憊至極的這句話，伊蕾妮雅的回答是：

「主教大人，寶庫真的只有這間嗎？」

而哈勃對這問題沒有表現半分憤怒。

無論怎麼說，規模這麼大的教堂連值五十金幣的東西也沒有，實在說不過去。然而聖堂沒有香油錢等現金是主教捲款潛逃所致，拿出來說明就等於說出自己是假貨。

所以哈勃根本就不敢讓伊蕾妮雅進教堂。

他的視線向我轉來，是相信我會幫助教會吧。他的眼神說他是因為相信我才放她進門。

或許是可以說服哈勃承認自己是假扮的主教，早點從這一切解脫。

可是我也沒傻到看過空空的寶庫就相信教堂裡什麼也沒有。

「主教大人，能讓我看看教堂的財產清單嗎？」

大教堂歷史悠久，關連人物眾多，必定會製作財產清單。

不過哈勃毫不排斥，很乾脆地點了頭，倒是讓我露出略顯訝異的表情。

「知道了。如果這樣能讓你們死心，就讓你們看吧。請稍候。」

說完，他們也沒關就走了。或許不是這裡沒東西好偷，而是因為知道偷這裡的東西馬上就能揪出犯人吧。

擺在這裡的，每樣都是眾人在儀式上見過的東西，任誰都知道是來自大教堂。

「大哥哥？」

繆里不知所措地問。看來她也看出事情沒有進展了。

「我無法相信這座大教堂的財產就只有這些。」

伊蕾妮雅憤慨地說。

我也這麼想。就算帶得走金幣銀幣，我也不認為主教能一併帶走大教堂代代相傳的眾多寶物。既然留下替身，就表示他還盼望能有一天可以回來。這麼說來，真正的寶物還留在教堂裡，畢竟帶出門而有個閃失就糟了。

因此，應該是有辦法不揭露哈勃的身分就達成伊蕾妮雅的目的。

即使這辦法與信仰有些牴觸。

「繆里，耳朵露出來。」

我拿起之前看似在慶典中用來舉魚雕的鐵棒。繆里熱愛冒險故事，從母親賢狼赫蘿聽說了不少，當場就了解我的用意。

「準備好了。」

「好。」

我跟著用鐵棒往地面一敲，「鏗」地一聲沉響。見繆里搖搖頭，我挪動幾步再敲一次。規模這麼大的石造建築，肯定有地下密室。繆里應能聽出反響的差異，把它揪出來。

鏗、鏗。我迅速換位，敲擊地面。

這房間的鑰匙那麼大，一定有其道理，而且我覺得為求心安，密室應會建在重要的地方。不過寶庫堆放食糧不能亂翻，也不夠時間在哈勃回來之前仔細調查牆壁。鏗鏗鏗地敲個不停的途中，伊蕾妮雅開口了。

「讓我來吧。」

回頭看她時，那已經出現了。

咚！

地面震盪，灰塵沙沙地從房頂灑落。這當中，伊蕾妮雅以手掌觸地的姿勢抬頭看著我。

「怎麼樣。」

我似乎瞄到一只巨大的蹄子。

伊蕾妮雅畢竟是羊的化身。

「這邊。」

原本毫無動作的繆里忽然走近看似平凡的層架。層架緊貼牆面，層板上有幾幅聖母像和彩色玻璃拼成的聖人像。最下層是抽屜，我跪下打開來看，裡頭都是些宴會器物和餐具。

「怎麼樣，大哥哥？」

我抬頭看著繆里，把手伸進抽屜深處。

最後在酒杯之間摸索到突起物，形狀像是拉桿。

「找到了。」

按了不動，拉了也不動。往右一轉，發出喀咚一聲，像是東西掉落的聲音。

「剛才好大一聲，你們做了什麼？」

房門口傳來哈勃疑惑的聲音。

「燈台再亮，也照不到自己的腳下。」

我起身如此回答，並試著推拉層架。

比我還要高的層架如門板般向我滑動，空氣湧入其後的空間，造成吸氣似的聲響。

層架後方，藏了一段樓梯。

「樓、樓梯……？」

哈勃的詫異不像是演戲，應該是真的不知道吧。

伊蕾妮雅一副「你明明是主教，怎麼不知道」的臉，我對她使個眼色，搖搖頭。無論哈勃是否裝瘋賣傻，略過這問題對彼此都好。

「主教大人，裡頭有可能是聖地，能請您帶頭嗎？」

由於哈勃仍有可能是真的主教，在此我先做個保險。要是勢在必得地走進去卻被關起來就慘了。

「那、那好吧……」

緊張是因為祕密曝光嗎，還是在想早知道有這種祕密，一開始就不該作替身呢。

無論如何，哈勃已拿起吊掛胸前的教會徽記輕輕一吻，舉著燭台往下走了。

階梯寬度可供成人橫展兩肘，筆直向下。

空氣沒有黴味，只有鑿石時的獨特冰冷氣味。

階梯並不長，往下走一般建築兩層樓的高度就到底了。

「這裡是……？」

哈勃疑惑地移動燭台探照四周。頂部偏低，有種壓迫感。一排排的層架一路向內延伸，不過幾乎是空的。

寶庫裡的暗門後一定藏有真正寶物的想法，難道錯了嗎？

「哇啊啊！」

哈勃冷不防大叫，還弄掉了蠟燭，嚇出我一身冷汗。不過藉由摔落地面的燭光，很快就發現哈勃為何大叫。下樓後不遠處牆邊，擺了一式盔甲。

他似乎受了很大的驚嚇，背和手都貼著牆，隨時會腿軟倒地的樣子。

我撿起蠟燭，插回燭台說：

「還有劍呢。連盾……馬鞍也有。好精緻的馬鞍。」

盔甲另一邊有座用來立劍的支架，以及掛盾的架子。

馬鞍擺在大儲物箱上，蠟燭拿近一照，嵌於其中的金飾發出魅人的光芒。

「這不是行軍用的東西吧。可能是某個騎士團的儀式甲。」

伊蕾妮雅作出商人的評論。這應該能賣不少錢。

「這麼說來，這裡果真是寶庫嘍？」

其他層架比樓上還空，但擺了幾只大盤。仔細一看，發現是不得了的東西。

「好大的金盤。雕工也很細緻……」

無法想像光這一盤就值多少金幣。

「會是鍍金嗎？」

伊蕾妮雅冷靜地將手伸進懷裡掏了掏，取出一枚銅幣輕敲金盤，發出從沒聽過的清澈金屬聲，餘韻久久不散。

「這是……純金吧。」

如此一來，這裡的確是大教堂積藏財富的地方。

不過每個棚架都是沒擺多少東西，比較醒目的只剩下大到能給繆里當被子蓋的抄本，以及像惡魔用的槍，開成七叉的銀製大燭台。

「這裡的確是寶庫。」

伊蕾妮雅再往裡頭走一點，從有抽屜的層架中抽出一疊羊皮紙。

「這疊都是許可證。」

有這麼多層架卻空空如也，只剩下看似高價但體積龐大的物品。這樣的狀況，能推出怎樣的答案呢。

不僅是伊蕾妮雅，我和繆里的視線都轉向哈勃。

「主教大人，存放在這的寶物都到哪裡去了？」

伊蕾妮雅使哈勃戰慄得像被打進地牢的罪人。

「不、不知道！我也是今天才曉得還有這種地方啊！」

就狀況來看，當作能搬的東西都搬走了比較妥當。會留下羊皮紙，是因為有迪薩列夫大教堂的署名。

伊蕾妮雅倍加懷疑地往哈勃瞧，最後不予追究似的將羊皮紙放回架上。

「再檢查一下看看吧。」

不見失望之色，是表示標下這個徵稅權並不會完全白費吧。肯定是光拿走盤子就夠回本了。

然而，沒找到她所尋覓的聖人涅克斯之布。層架上沒多少東西，不會看漏，只有一些在燭光下也看得出顏色的緋紅布幔。這種會掛在王城大廳的巨大布幔，同樣是因為不易攜帶而留在這裡吧。

猜想這會不會是聖人涅克斯之布時，伊蕾妮雅搖了頭。

「不曉得原本有多少寶物。」

大致看過一遍後，我不禁喃喃自語。哈勃聽了心驚膽顫，害怕身染盜寶大罪嫌疑，我便趕緊補充說沒有責怪他的意思。

伊蕾妮雅則是直率地說：

「畢竟迪薩列夫現下的繁榮全都被這座教堂榨取了好幾年，原本一定非常可觀。」

況且這裡的層架，都像是擺不下而一一新增。

貪婪與吝嗇，就占了聖經中七宗罪的兩項。

實在教人不勝唏噓。

無奈嘆息時，伊蕾妮雅站到哈勃面前說：

「主教大人，我乃奉克里凡多王子之名，迪薩列夫議會委任之徵稅權得標人，要秉持議會與王子的權威，正式向您徵稅。」

面對伊蕾妮雅，哈勃毫無抵抗，垂頭似的頷首。

伊蕾妮雅立刻尋找價值相當的物品，這時我發現一件事。

繆里跑哪去了？

房裡成列的層架，使視野受到很大的限制。

最後我終於在燭火幾乎照不到的地方找到了她。身穿毛茸茸白袍的她蹲著翻找東西的樣子，活像是一團長滿黴的怪物。

「繆里？」

我怕她想惡作劇，先喊喊名字。她稍微轉頭，起身慢條斯理地走來，張手要環抱我的腰。

「做、做什麼？」

為她突如其來的舉動錯愕之餘，我發現她的尾巴從袍子底下露出了一點點。繆里很快就放開我，手上多了把匕首。看來她是要借用我平時攜帶的防身匕首。

我默默看她下一步行動，只見繆里又蹲回去，毫不遲疑地插進地面。

「喂！繆里，妳做——」

話還沒說完，她已兩手抓柄，當槓桿向下一扳。

緊接著喀咚一聲，地面石塊鬆動了。

「我就知道。這塊石頭特別鬆，會喀喀喀地響。」

繆里說完又將匕首插進鬆開的地面石縫間，以同樣方式撬起石塊。鋪地用的石塊和繆里的小腳丫相仿，和磚頭差不多重。

她撬起一個又一個，一扇木門隨之顯露。

「這是娘和爹旅行的時候學來的。」

繆里吊起唇角而笑。

「要把真正重要的東西，藏在別人會以為已經全部挖光而放心的地方。」

他們兩個都有很強的執著，這倒是不難想像。

不過我真的沒想到密室裡還有密室。

「伊蕾妮雅小姐！主教大人！」

兩人被我叫來以後，也都看傻了眼。

「我開嘍。」

拉開木門，首先見到的是因黴斑和塵埃而褪色的布蓋。掀開一看，底下有幾個不起眼的老舊木箱。

都不怎麼大，大多是兩手就抱得住的大小，小的只有巴掌大。繆里似乎期盼能發現亮晶晶的寶石堆，顯得很失望。哈勃則像是為沒有出現財寶而鬆了口氣。
但是，伊蕾妮雅和我就不同了。
已經緊張得背上汗涔涔一片。
因為聖杯的外觀總是平凡無奇。
「伊蕾妮雅小姐，這是……」
伊蕾妮雅被我喚回神，要一頭栽下去般靠近木箱。
木箱上有些磨損得看不清的字，不知是為了詛咒膽敢碰觸的人，或有其他用意。
從那之中，伊蕾妮雅再取出一個細長的木箱。
黴和塵埃的味道讓繆里立刻打個噴嚏。
而伊蕾妮雅不僅沒打噴嚏，彷彿連呼吸都忘了，緊張忐忑地打開木箱。
出現的是由羊皮紙包起的白布。
「找到了。」
寶庫裡只有她低語的聲音。

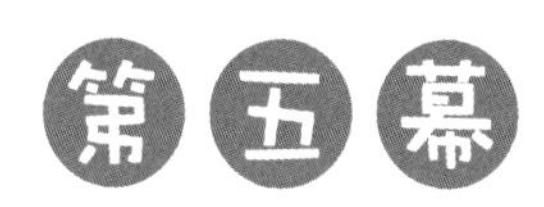
第五幕

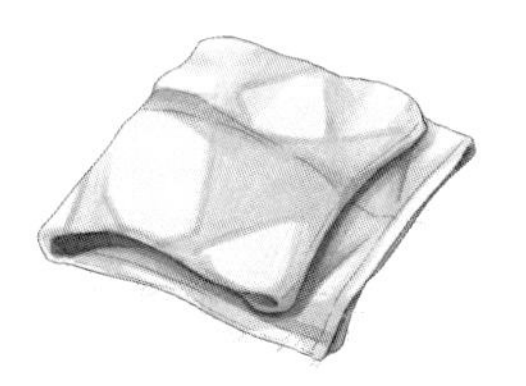

聖人涅克斯之布外觀十分平凡。

有點厚，有點硬。或許是因為如此，相當地重。而且質地粗糙，近似毛皮。

除此之外，看起來就是普通的布，有點掃興。哈勃在伊蕾妮雅要求交出這卷布充當稅金時乾脆地答應，一部分也是外觀的關係吧。

「以聖遺物的一般行情來說，這樣並不算貴。」

伊蕾妮雅告訴哈勃，那卷布對她意義非凡。

哈勃知道聖人涅克斯，但可說是正因知道才沒看出價值。擺在同樣位置的知名聖人遺髮、傳說中方舟的碎片等物，在他眼裡似乎才是無價之寶。

我們仔細鋪回石塊，關閉密門。不知哈勃接下來有何打算，應該會先考慮一晚再說吧。

送我們走時，他一副心思在其他地方的樣子。

「話說回來，這看起來就只是普通的布，真的沒錯嗎？」

走下海角石階時，風變得有點強，吹得我舉步蹣跚。幾隻海鳥在頭上伸手可及的位置飛舞，翅膀拍也不拍，彷彿在嘲笑我們不能飛。繆里不時抬頭吼牠們兩聲，可能真的是那樣。

「有人說，聖遺物的價值在於容器和證明書。因為容器假不了。」

伊蕾妮雅樂得一不注意，嘴角就會不自禁地上揚。這部分，我也只能點頭。

「證明書上有我知道的大修道院署名，來歷也寫得很清楚呢。」

「是啊。只是對於它是不是真品……我覺得一半一半。」

說到真假問題，伊蕾妮雅也不禁沉下臉來。

「我也是第一次見到這種布，而且感覺那好像不太受尊重。」

「尊重？」

那不是整齊地收在箱子裡嗎？

然而伊蕾妮雅無法理解似的歪起頭。

「開木門的時候，不是有塊布包著底下的東西嗎？那和這是同一種布。」

收回剩餘的聖遺物時，我也把布蓋了回去，但沒注意到是同一種。

「這樣的話……的確很像是平常用的布。那妳覺得它有一半可能是真品是為什麼？」

「我想，繆里小姐應該也注意到了。」

和海鳥無謂互瞪的繆里聽見伊蕾妮雅提起她而愣了一下。

「什麼事？」

「妳也覺得那卷布是聖遺物嗎？」

聽我一問，繆里看著伊蕾妮雅抱在懷中的木箱聳聳肩。

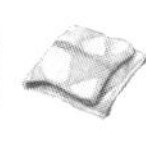

「不知道耶，只能確定那個布很奇怪。」

覺得不怎麼奇怪的我皺起了眉。

「很奇怪嗎？」

「對呀，完全不曉得是用什麼做的。」

我不懂那是什麼意思，往伊蕾妮雅看。

「那卷布沒有任何動物的氣味，當然也沒有植物的。」

布的材料分三種，獸毛、植物以及昆蟲吐的絲。

「在某些傳說裡，那是蜘蛛聽聖人講道之後悔改，吐絲為祂做衣服，可是……」

「很難說耶，總之它現在只有那個地下室石頭的味道。也有可能是很久以前常見的布，只是現在很稀有了。」

既然羊和狼都這麼說了，多半是如此吧。

這麼一來，這究竟是不是聖人涅克斯之布就很可疑了。

我聽過水因神蹟變成葡萄酒的故事。不過葡萄酒就是葡萄酒，沒有葡萄味的葡萄酒我看也沒看過，聽也沒聽過，也不會有人說它是葡萄酒吧。

就算聖人涅克斯能降下奇蹟，但奇蹟能造就不知原料為何的布嗎？

「無論如何，只要有這個箱子和證明書，就足以向王子自薦了吧。」

伊蕾妮雅以頭一次見的笑容說不知說過幾次的話。

「非常感謝二位。」

她是甚至會詢問海鳥，大海彼端是甚麼狀況的羊女。

若能助她前進，是真是假也無所謂了吧。

「這份恩情，我必當泉湧以報。」

「那麼，我有一個請求。」

我會這麼說，或許是因為離開紐希拉之後，在社會上有些歷練的緣故。

「當王室接見您的時候，請建議他們認真看待信仰問題。」

傳說中的熊遠在西海極境，狼的化身和羊的化身就在眼前，唯獨不見聖經裡的神。

一這麼想，感覺就很諷刺，不過伊蕾妮雅呆愣的表情似乎與這無關。

「就只有這樣嗎？」

然後，她低頭看雙手緊抱的木箱。

「只要用對方法，這卷布也會有極高的價值。即使不直接販賣，用它攫取大錢應該不難。」

「靠它獲得有第二王位繼承權的王子賞識，不也是方法之一嗎？」

生在這世上的大多數人，一輩子都遇不到這種機會。

伊蕾妮雅露出真摯的微笑。

「我明白了。」

據說她是個誠實可靠的經銷商。

即使王國是因為信仰以外的理由而與教會對立，但也不會完全屏棄信仰吧。只要鍥而不捨，或許真能找回我們心目中的教會。

至少，這應該比在大海盡頭誰也沒見過的大陸建立新國家來得實際。

「不過，我有個更好的提議。」

想著想著，伊蕾妮雅開口了。

「您有沒有興趣和我一起去見王子？這樣說服力會更高，也有助於您的目的才對。」

可能是因為想法很順當吧，我不怎麼驚訝。

「況且，有人能替我和人類接洽的話，我也比較放心。」

隨伊蕾妮雅的邀請而打在我臉頰上的強烈視線，當然是來自繆里。

她的紅眼睛正大喊著要我別再受那個金毛擺佈，照伊蕾妮雅的話去做。

可是，海蘭說過一句話。

為了爭權，王族不斷明爭暗鬥，相互廝殺。我並沒老實到期待殘存的人都像海蘭那樣虔誠。

「謝謝您的建議，不過我已經決定服事的對象了。」

見到伊蕾妮雅顯得有點遺憾，我反而有個想法。

「不如您和我們一起走吧？」

「咦？」

「我服事的對象信仰虔誠，而且……應該能接受非人之人。」

繆里聽得臉都揪了起來。海蘭顯然察覺繆里可能不是普通人，而且假如王國要前往海的盡頭冒險時，她很可能願意同行。我也可以透過海蘭，查明王國的真正企圖。

然而伊蕾妮雅表情悲涼地微笑說：

「您在教堂拿出過一封信嘛？」

「對。」

「我當然是聽過海蘭殿下的名字，也知道她有一片不小的領地。可是她不是嫡子，王位繼承權只是空有其名吧。」

相對地，克里凡多王子則是第二順位。

「而且我推測，王子會在遠征新大陸成功後篡奪王位……不然至少會在新大陸自立為王。」

意思就是，要找合作對象就該找個長久的。

不過這也讓我有個疑問。我發現自己始終沒注意到，伊蕾妮雅的計畫裡有個非考慮不可的問題。

「新大陸的國王？克里凡多王子是可以接納非人之人的人嗎？」

若加入王子指揮的船隊前往新大陸，土地當然是歸王子或王國所有。

難道，伊蕾妮雅打算一上岸就奔向遠方，找塊土地建立據點嗎？想著想著，我察覺了伊蕾妮雅的表情。

在那一刻，我明白自己成不了歐塔姆。

「我會盡力而為的。」

伊蕾妮雅無力地微笑，稍微歪頭。我感受到的不是恐懼，若說是嫉妒，倒頗為類似。

她是一頭羊，但也是披著羊皮的某種人物。

大概會在船隊裡混入眾多非人之人，在抵達大陸或打倒熊之後發動叛亂。這樣的做法才夠迅速確實。和平共處的想法，片刻也沒有過。

我不是應該指責這樣的行為嗎？

這麼想著即將開口之際，繆里扯袖子制止了我。

「我的任務是保護大哥哥。」

她的紅眼睛不像在開玩笑。

我想起教堂寶庫中，伊蕾妮雅捶打地面的右手。即使繆里本身不會輸給她，若還得保護我就難說了。

「……我對自己的無力覺得很遺憾。」

這句話讓伊蕾妮雅尷尬一笑，將不快一吐而盡似的笑。

「方便的話，今晚就一起吃頓晚餐吧？我會替您向王子傳話，但只是這樣的話，我自己會過意不去。告別的時候，也會有好禮相贈。」

「送禮就──」

「我會準備特級羊肉給兩位好好享用。」

她竟然毫不避諱地說這種話。

表示她已有跨越那條線的決心嗎？

會將那模樣看作堅強還是可怕，就因人而異了。

不過眉間倒是有些落寞。

「繆里？」

無話可說的我先叫一聲繆里。道德與食慾的交戰，讓她愣在一旁，被我一喚才赫然回神。

「……伊蕾妮雅，妳沒關係嗎？」

黑羊賽吉兒像個高明商人聳聳肩。

「要是妳看到店裡有看起來很保暖的狼毛皮草，會昏倒嗎？」

伊蕾妮雅滿不在乎地說出每次逛市場都會讓我提心吊膽的事。可能是狼和羊比人和狼更接近吧。

繆里隨即縮縮脖子說：

「我大概只會覺得很暖和。」

「我也一樣。牠們看似我的同類，實際上還是有很大的差異。不過要我吃羊肉，還是需要一點覺悟就是了……」

既有印象、成見、習慣，又或許是規矩或信仰等道理說不通的事，總是支配著人的行為。它們有時是鐐銬，有時則是甲冑或武器。

無論如何，繆里心中深處都有塊我怎麼也不該碰觸的地方，伊蕾妮雅卻能大方走進。

「所以吃了，妳真的不會生氣？」

「當然不會。會的話，根本就沒法在這住下去。」

見到伊蕾妮雅的笑容，繆里也鬆了口氣般微笑。

而繆里這樣的人，對於難得遇見的非人之人不可能沒有任何好奇。

「那個啊，我有很多關於羊毛衣的問題想問妳耶……」

「好哇，隨妳問。」

繆里笑開了嘴，隨即奔向伊蕾妮雅身旁。看著她們肩並肩地說話，讓人感覺好放鬆。

雖然村子有許多和她一塊長大的孩子，可是沒有一個知道她的真實身分。能和非人之人平心交談的，就只有極少數人而已。

即使在村子裡她表現得對這點絲毫不在意，但實際上卻不然。那看起來有點膽怯卻仍要親近伊蕾妮雅的樣子，就是證據吧。

伊蕾妮雅有個遠大的目標，我們或許會走上不同的路。

可是這個世界似乎並不是無限寬廣，而她們會活上一段很長的時間。

若能結下友誼，我這作哥哥是最高興不過。

「然後啊，大哥哥他就——」

聽見那個詞時，稍微走在前面的伊蕾妮雅和繆里一起轉過頭來，對著我嗤嗤笑。我只能無奈聳肩。

今天天氣不錯，陽光暖和。

願神祝福這世上的一切。

我還有事要找約瑟夫和歐塔姆談，便在港邊暫別伊蕾妮雅。

繆里為該不該先和伊蕾妮雅到處逛逛猶豫很久，最後還是跟我走了。

讓我有點開心，但又好像不應該高興，感覺很複雜。

「妳們聊得那麼開心，是在聊什麼啊？」

我一邊走過棧橋一邊問，繆里咧出虎牙，只說：「祕密。」

我想問出航準備的狀況，不巧約瑟夫出外購物。看來經過大浪的折騰，有很多地方需要修補，船員說還要再幾天。

這麼一來，要請歐塔姆做的事也得跟著變。考慮著該送什麼謝禮並開啟船長室的門後，見到歐塔姆靜靜坐在房中央的地板上。

「抱歉，您在冥想嗎？」

「不。這裡沒黑玉也沒器具嘛。我只是坐著。」

他是活過長久歲月的巨大鯨魚，或許對時間的感覺和人類不同吧。

「嗯，看來你事情辦得很順利。」

「全是多虧您推我一把。」

道了謝，接下來說的是請求。

「不好意思，我想麻煩您替我送信。」

歐塔姆甚麼也沒多說，只往我投來視線，默默地撚鬚。感覺上，那是答應的意思。

「這封信要送給勞茲本一個名叫海蘭的貴族。」

「如果船要再過幾天才補得好，直接搭別的船走如何？」

話是沒錯，不過我有非請歐塔姆幫忙不可的理由。

「很抱歉，我還需要您把回信帶過來。」

歐塔姆注視我一會兒，嘆口氣說：

「我要怎麼找到那個貴族？」

「應該到德堡商行的會館就找得到了，她目前住在那。」

「真會使喚人。」

聽他嘆著氣這麼說，讓我十分惶恐。可是，我不想再為有能力卻沒行動而後悔了。

「拜託您了。」

歐塔姆只是聳聳肩。

之後我找個船員借來文具，寫下關於克里凡多王子的問題。向王子呈獻聖遺物的機會千載難逢，儘管我一度拒絕伊蕾妮雅的邀請，假如和王子打好關係會更好，投靠伊蕾妮雅的可能是大大有之。雖然有點牆頭草的感覺，但我覺得應該要活用所有機會。

信寫到一半，繆里把臉湊了過來，近得臉頰都快貼在一起。

「大哥哥啊，你是不是在動歪腦筋？」

似乎數得清繆里的睫毛有幾根。

「歪腦筋？」

「例如硬把伊蕾妮雅姊姊留在身邊之類的。」

或許不是繆里太敏銳，只是我態度太明顯。

「……她不是妳第一個交到的朋友嗎？」

「大哥哥大笨蛋！」

她還用頭撞我。

「可能是我多管閒事——」

「就是多管閒事啦！」

繆里氣嘟了嘴。

「再說，伊蕾妮雅姊姊是跟我處得很好沒錯，可是她……不算是朋友。雖然我還問了一些不能問你的事……不過那跟親密不一樣。」

我對「不能問我的事」覺得有點心酸之外，也不太清楚她想表達什麼。那樣還不算親密嗎？

「才不一樣。那就像找人問某個哥哥沒吃過的東西是什麼味道而已，這樣不代表我和他親近吧？」

原來是這樣啊，明白多了。

「而且我想，伊蕾妮雅姊姊對我好是為了拉我上船。」

除了給自己臉上貼金之外，繆里是覺得真能冒險也不壞才會賊笑著這麼說吧。

可是有句話我不得不說。

「無論條件多好，我還是希望妳不要上船。」

繆里注視我片刻，拿我沒轍似的笑。

「不過他們是冒著危險去那邊建國耶，我這種過得很愜意的人有資格去那裡嗎？」

繆里很長壽，說不定會永生不死。若是仍在紐希拉或阿蒂夫的我，肯定會被問得詞窮。

但現在我可以這樣回答：

「所以我要問海蘭殿下該不該幫伊蕾妮雅啊。」

「……」

「如果在陸地上幫的忙就夠多了，人家也沒什麼好埋怨的吧。」

繆里的大眼睛睜得更大，整個人撲了過來。

「大哥哥我愛你！」

「好好好。」

隨口應付後我搧乾墨水，向繆里借點尾毛綁信。

我們的對話讓歐塔姆顯得聽不太下去，不過他什麼也沒說。

在北島，他還見過更糟的對話呢。

「我預估明天中午或晚上回來，不過這要看對方就是了。如果她沒法回信，我也會先回來告訴你。」

「麻煩您了。」

接下信之後，歐塔姆信步離船。這是因為總不能直接從甲板跳海吧。

「一次就好，好想坐在他背上看看喔。」

繆里目送他離去時這麼說。

「我就不必了。」

「因為大哥哥一定會滑來滑去，摔進海裡去嘛。」

那種場面不難想像，我根本笑不出來。

「好了，我們去買晚餐要吃的東西吧。」

「我要吃肉！」

伊蕾妮雅都說會帶羊肉來了還想吃肉，是覺得羊肉歸羊肉嗎。

在市場，繆里沿路吵著要買無關晚餐的東西。好不容易一一閃過並買齊後，我們返回會館。

女傭們見到我們提著食物都傻住了，在走廊與下屬隔著帳簿談事情的斯萊也睜圓了眼。

「教會給你們肉和乳酪來抵稅？」

會這麼想也是沒辦法的事。

「沒有，那邊順利解決了。因為我們挺有緣分，她邀我們共進晚餐。」

斯萊更顯驚訝，「喔……」地點點頭。

「話說回來，就算有寇爾先生您協助，我也沒想到那個貪心的主教真的肯付五十枚金幣。聽說王國一和教會對立，他一下子就把財產都藏起來了。」

聽他的語氣，彷彿鎮上的人已經發現主教時常找哈勃做替身了。

不過我不能說得太多，不然對伊蕾妮雅或哈勃都不好。

「教堂看起來的確沒什麼寶貝，好不容易才湊齊價值相當的東西呢。」

教堂那麼大，壁毯、布幔和燭台加起來差不多有這數字。

我試著引導斯萊的想法，模糊過程。

「那麼寇爾先生，下次可以換我們嗎？」

反正問問而已，不必花錢是吧。

我姑且回他一個苦笑。

回房之際，我興起一問：

「對了，有件事我想請教一下。」

「請說。」

「您聽說過不是由動植物或蟲絲做的布嗎？」

所謂聖人涅克斯之布的確存在，可是伊蕾妮雅和繆里都看不出原料為何，或許跨足世界的商人會不同。

「很簡單呀，用金屬做的。」

啊，怎麼沒想到？我不禁引以為恥。

「鍍金的不算，一般是用真金真銀抽線。技術高超的工匠，能編出摸起來完全像布，實際上卻是金屬，感覺很神奇喔。其實我也不曉得那該不該叫做布，應該算是鎖子甲那類的吧。」

「原來如此，受教了。」

「哪裡哪裡。」

斯萊陪笑後繼續和屬下對話。

穿過走廊，登上樓梯途中，我對繆里說：

「聽到了嗎，可能是金屬。」

不過繆里相當懷疑。

「感覺不像耶，而且不是金也不是銀。」

「我們不認識的金屬還多得是呢。」

繆里依然難以接受，聳聳肩說：

「甚麼都好啦。只要和大哥哥一起環遊世界，不知道的東西就會愈來愈少了。」

開了門，回頭見到一張笑咪咪的臉。

真是的。我也忍不住笑了。

「我順便在寫給羅倫斯先生與赫羅小姐的信裡問問看好了。」

「爹娘都住在鄉下地方，不會知道啦。」

才離開紐希拉沒幾天，這丫頭的口氣就像看遍了全世界一樣。

繆里一回房就打個大呵欠，鑽到床上縮成一團，抓著羊毛枕睡午覺。是為晚餐養精蓄銳吧。

我擱下這個悠哉的狼小妹，應付聽說我回來而湧上門的會館員工。附近商行的人似乎也聞風而至，這次人數特別多。

自稱碰巧來送貨，又碰巧知道我在這裡，再碰巧有點心事，想和我談談的人實在太多。應該是朋友告訴朋友，再告訴朋友的朋友……才會這樣吧。

雖不喜歡他們稱我為黎明樞機，不過他們的需求和感謝都是千真萬確，我也竭誠滿足他們。

不過人數真的太多，原本只是在走廊上處理，甫一回神，我已經坐到卸貨場上收光帳本的帳台邊了。台前大排長龍，我一一聽他們說明困擾，給予建議，祈神賜福。不知不覺地，身旁還多了一口大木箱，大得怕人不知道。有人往裡頭丟金銀銅幣，有人留下部分商品，還有個衣著氣派的商行幹部脫了大衣就放進去。

一一拒絕也麻煩，於是我心懷感激地拿幾個錢補足盤纏之後，打算將其餘的都捐給大教堂。

忙著忙著，敞開的卸貨場門口傳來敲打鍋底般的聲音。那是教堂不再敲鐘後，代替宣告歇市的聲響。鎮上規定，歇市之後只有某些行業可以繼續營業。

還在排隊的人們全都一臉遺憾，最後好歹和我握個手才走。

這樣就夠累人了，但他們肯定只是德堡商行與相關商行的一小部分人而已。

要是消息傳遍迪薩列夫，實在無法想像會有多少人來請我代為向神對話。想到有可能擴散到迪薩列夫近郊甚至更遠處，然後是整個王國，我就不禁為這國家遭受的巨大磨難打個寒顫。

即使有椅子能坐，只是和人面對面說說話，可是一天要處理數十人。有時光處理話多又詞不達意的老嫗就能耗上一整天。而這當中世間產生的苦惱，肯定比我能消解的多。

一個人能做的事，本來就是有限。

是真的非得盡快讓教會重新開放，或至少讓聖職人員執行聖事不可。

一想到真正能決策的人只有王國的掌權者，我就更覺得拒絕伊蕾妮雅的邀請或許是種錯誤。若能以聖人涅克斯之布為契機拉攏克里凡多王子，我可能有必要隨她走一遭。

我這麼想著開啟房門，繆里正好起床了。

她似乎睡得很熱，脫到只剩下一件薄衣，呵欠大到能看到臼齒。

「啊呼～」

半裸少女啵地一聲閉上嘴，甩甩獸耳獸尾，睜開眼睛。

「我餓了～」

「睡飽以後胃口更好了是吧。」

已經是令人肅然起敬的境界了。

繆里當然不會注意到我心中的感慨，滑下床撿起扔一地的衣服穿回去。

「大哥哥，準備好了嗎？」

說得像覺得我還沒準備好，可是她連頭髮都還沒梳呢。

「不用這麼急啦。妳看，衣服都穿反了，繩子綁好。」

我替她脫下剛穿上的上衣，裡外翻轉再套回去，仔細綁好體側的束繩，拉平皺褶。可能是剛睡醒的緣故，繆里的身體濕濕熱熱的，能感到滿身的生命力。

「我睡覺的時候你都在做什麼？邊看書邊打盹？」

我只回匆匆梳頭的繆里一個微笑。

「把買來的東西都拿好吧。」

「這是啥？」

「斯萊先生送的特級葡萄酒。」

小酒桶讓繆里看得眼睛發亮。

「妳不能喝。」

「兌一點葡萄汁就可以了啦。」

「那直接喝果汁不就好了。」

「完全不一樣！」

繆里大叫著，並背妥行李，抹掉耳朵尾巴。

「話說，大哥哥會煮菜嗎？看起來笨笨的不太行耶。」

離開房間後，我盡可能親切地答覆路上每個人恭敬的問候，結果好不容易走出會館時，繆里頭一句話就這麼不客氣。

雖然希望她多尊敬一點我這個哥哥，不過鎮上有許多人把我捧得太高，正好能當作一個鉛墜，將我維繫在應有的高度。

「我會呀。我偶爾會幫漢娜小姐的忙，決定旅行之後也作了很多練習。」

繆里會這麼問，是因為我們要去「銀船頭」旅舍自己做晚餐。

大多旅舍都有提供餐點，不過想自己做菜，只要付柴火錢就好。

這樣不僅便宜很多，還能吃自己喜歡的東西。

「那我只要坐著就行了吧？」

看來她心中沒有幫忙或在旁邊看怎麼下廚的選項。

不過我也無法想像繆里在爐火前忙進忙出的樣子，或許坐著不動也好。

「有種中毒愈來愈深的感覺呢。」

我自嘲地這麼說，繆里不解地歪起頭。

街上有人趕著回家，有人急忙收拾沒做完的工作，有人向攤販買晚餐，車水馬龍。

原以為銀船頭旅社的酒吧也會坐滿，結果今天客人反而少。聽說是白天有好幾艘船出航，因暴風雨逗留於此的人走了大半的緣故。

儘管我在這誰也不認識，見到昨天在的人今天不在了，明天又會有新客人來，這樣的旅人氛圍引人感傷。

告訴旅舍老闆說我來找伊蕾妮雅後，我們點些飲料，在角落座位等她。若教堂仍會敲鐘，約時間就容易多了，但現在只能約「傍晚歇市時分」這麼一個模糊的時段。

「可以先吃乳酪嗎？」

繆里不時往放在桌上的麻袋瞄並這麼問。

到街道漸暗，篝火點燃的時候，在街上打轉到最後一刻的行腳商人們也返回旅舍，安靜的酒吧熱鬧起來。

到處有人互道乾杯，廚房接二連三送上菜餚。

繆里哀怨地看著他們，難耐地不停拍腿。

「她平常也有工作要做，是那邊耽擱了吧。」

我拿出肉乾和乳酪，並給繆里的葡萄汁加點葡萄酒。然而再等了一陣子，伊蕾妮雅還是沒出現。附近的客人開始對我們投來好奇的眼光。

「我們去看一下吧。」

說不定像繆里一回來就睡著了。

得到夢寐以求的聖人之布，可能讓她一時太過放鬆。

「我去看就好了。」

不喜歡坐著不動的繆里一這麼說就跳下椅子，往樓梯跑。呆望樓梯時，我發現鄰桌那一群肌肉碩大，喝得正起勁的船員們中，有一個盯著我瞧。

一對上眼，他也往繆里的去向看，並說：

「怎麼，你們也住這啊？我覺得你們很面生。」

「不……我們只是和住在這裡的朋友約好在這吃晚餐。」

接著補充：

「慶祝生意成功。」

因為我現在穿的是商人的衣服。船員瞇起眼，皺皺鼻頭探出身來，把酒杯拿向我。

「那真是恭喜啊。」

我跟著碰杯回禮。看來不是壞人。

「你朋友是誰啊？我在這裡喝了好幾年，住這裡的人會去哪裡做什麼，大概都摸得一清二楚。想找人的話，我可以給你一點建議。」

船員已完全轉向我這桌，摸著粗壯手臂上的濃毛這麼說。

「人家叫她黑羊賽吉兒，是個羊毛的經銷商。」

說出旅舍老闆稱呼她的綽號，結果船員愣了一下。

「賽吉兒？二樓最裡面那個？」

我想起堆積如山的貨物，以及掛在房門上的羊頭骨。

船員昂首灌口啤酒說：

「嗯……怪了……呃，那應該是賽吉兒沒錯啊。」

船員轉回自己的桌子。

「你們幾個，太陽還很高的時候，不是有個人出出入入的嗎？」

「嗯？」

並如此對話起來。還在想他們究竟在說什麼，天花板開始震動。

聲音大得幾乎能看得見，一路竄向天花板另一邊，接著樓梯出現一雙腳，然後是身體，繆里回來了。

表情緊繃。

眼睛還紅紅的。

「果然沒錯。賽吉兒說要出城，東西都打包送走了呢。」

「咦？」

這時，繆里已來到了船員背後。

「伊蕾妮雅姊姊不在房裡。」

她縮頭聳肩，臉色發青，紅眼睛看起來更紅了。

「那可能是還在談生意——」

「門沒鎖，那個箱子不在房間裡，而且那些溫暖的羊毛還少了很多。」

繆里打斷我的話，清楚地這麼說。

眨也不眨的眼眸深處，有種好不容易壓抑住的情緒在齜牙咧嘴地低吼。

「怎麼啦，黑羊欠你們錢啊？」

船員看看繆里和我並問。

而我緊接著說出的是這個問題。

「打包行李的人是伊蕾妮雅自己嗎？」

伊蕾妮雅收拾行李出城了這句話，如混在麵包裡的沙粒般令人難受。她執行價值五十枚金幣的徵稅權，從大教堂寶庫裡的密室中的祕密隔間取得了聖人涅克斯之布。

她說這聖遺物的價碼與一般行情相比並不高，不過和布擺在一起的，還有小孩也知道的聖人遺髮，以及聖經傳說中方舟的碎片，難以想像實際上能賣多少金幣。

伊蕾妮雅會是遇上賊了嗎？

這時，我想到一件事。

究竟有誰會知道伊蕾妮雅身上有寶物呢？

「不，不是那個小姐。不過那個人自稱是她請來搬行李的。」

在四海為家的人聚集的地方，可能誰也不會去在乎這種事。旅舍本來就是天天有新人入住，然後說走就走。

不過，除了賊以外還有甚麼可能？

「我們再檢查一次。」

我說完就離開座位。

「小兄弟，這裡可以給我們坐嗎？」

其他船員指著桌位問。我把裝食物的麻袋交給他們，答道：

「這也請你們吃。」

喝得醉醺醺的船員們都盯著麻袋，眼神格外清醒。稍微走遠之後，背後傳來歡呼聲。

我在焦急的繆里帶領下上了二樓，往走廊彼端前進。

可能是樓下酒吧太熱鬧，這裡顯得很安靜。

「聞得出有誰出入過嗎？」

繆里的鼻子和狼一樣靈。

可是她搖了頭。

「有發生過衝突的跡象嗎？例如……血味之類的。」

儘管不希望發生這種事，該確認的還是得確認。

繆里手扶上門，又搖了頭。

「也沒有。我猜她大概是被騙出去了。」

既然沒有衝突的跡象，這也有可能。繆里開了門，穿過木窗縫的火光隱隱照出房間的輪廓。

「妳說那個箱子不在房裡嘛。」

「嗯，而且那些品質看起來不錯的羊毛少了一大堆。」

習慣黑暗後，發現在房裡製造壓迫感的東西的確沒了。

「能聞出伊蕾妮雅去哪了嗎？」

繆里深深吸氣吐氣，回答：

「大概……不行。鎮上有太多羊咩咩的味道。光是旅舍裡面，到一樓就幾乎聞不出來了。」

這麼一來，能用的方法就不多了。只能一步一腳印地聞，或是找線索推測。

尤其是伊蕾妮雅還有聖人涅克斯之布這個線索。

「大哥哥，伊蕾妮雅姊姊會不會……」

繆里擔心得都快哭了。

雖然繆里說伊蕾妮雅親近她，是為了拉她加入船隊，可是這個非人之人在她心中還是有特別的地位吧。

想想我扮成聖職人員參訪大教堂時，哈勃見到我的表情。即使對方素昧平生，又可能是敵人，只要見到和自己同個世界的人，心裡還是會高興。

而且伊蕾妮雅和歐塔姆不同，有女孩的外表，年紀也沒赫蘿那麼大。愛親近人的繆里這麼快就當她是朋友，也是情有可原。

不過現在慌也沒用，而且我不想看見繆里難過的樣子。

「不要太緊張，冷靜一點。」

她抱住我，我也更用力地抱回去。

撫摸般拍拍她的背三次後，我開始思考。

「來，不要原地踏步，向前走吧。」

我放開繆里這麼說，她跟著堅強地擠出笑容。

「繆里，妳知道那卷奇怪的布原本放哪嗎？」

繆里擦擦眼角，彎腰走進房間。

光線的明暗，使她的耳朵尾巴不時沾染淡淡光暈。

「是這裡吧。黴的味道跑過來了。」

繆里在房間深處找到一口帶鎖木箱，經過金屬補強，大概能裝下兩個繆里。

「沒上鎖……裡面是空的。」

這麼大的箱子，平時應該裝了不少東西。繆里探頭進去，窣窣地聞。

「有錢的味道和羊皮的味道……嗯，大哥哥，應該裝過這種東西。」

繆里的手往箱邊伸，從其他物品的間隙抽出一張羊皮紙。

我拿到木窗邊，藉窗縫火光查看寫些甚麼。

「這大概是契約書，可見箱子裡裝的都是貴重物品。」

如今全都被拿走了。

會是碰巧遇到賊嗎？如哈勃所言，羊毛經銷商標下徵稅權其實很引人注意，而且五十枚盧米歐尼金幣不是筆小數目。

已經盯上她很久，今天終於找到機會出手的可能並不是沒有。

既然沒有衝突跡象，的確可能像繆里說的一樣先把她騙出去，再回來搜刮。

但若不是碰巧呢？

「假如犯人來這裡為的就是布……」

犯人的範圍就縮小了。

「除了哈勃先生以外不會有別人吧。」

「那麼……」

繆里的尾巴膨脹到彷彿要發出聲音來，一轉身就想衝出去。

「可是，我們怎麼都沒事？」

我對繆里這麼問，她跟著愣住。

「斯萊先生說鎮上有教會的密探，伊蕾妮雅小姐被密探抓走的可能也可以納入考量。如果是這樣，我們應該也會被抓。」

「……人家說不定以為我們是被她利用的路人啊。」

「但我們還是幫了她，應該會有所行動才對……妳最近有沒有注意到奇怪的視線？」

縮著下巴的繆里連脖子也往後拉，不太高興地轉向一邊。

「……沒有……」

「這麼說來，也沒人在監視我們吧。」

繆里也不是個傻丫頭。

「再說，假如是哈勃先生在背後發號施令，聯絡上會有問題。」

「聯絡？」

「大教堂在海角上啊，往那裡走很顯眼。且假如鎮上真的有密探，要怎麼告訴他們寶物被帶走了呢？」

繆里茫然向上望，歪起腦袋。

「或者當時教堂裡還有其他人在。」

繆里什麼也沒發現，表示這個可能很低。何況船員說有人來搬行李時太陽尚高，那麼不是哈勃自己在下午時間下來搬，就是有密探到大教堂找他。

是有確認的必要，可是不太可能。

「那伊蕾妮雅姊姊到哪去了？是誰把這裡東西搬走的？」

繆里焦急地問。

大概是覺得伊蕾妮雅的處境會愈來愈危險吧。要是連我也慌了，我們結伴同行就沒意義了。在北方島嶼地區，我被繆里的冷靜救了一次，這次該我了。

思考該怎麼做時，我注意到手上的羊皮紙。

「伊蕾妮雅說她是南方商行的人，那麼出事的時候，應該有地方可以求助才對。」

在北方島嶼地區，那即是商人們自己建立的教會。出門在外，難免會遭遇困難，當地權勢又不一定肯幫忙。一個人或許弱小，團結起來就會有可觀的力量。伊蕾妮雅是羊的化身，尤其明白團結的重要。

找地方求助，比我和繆里在這裡發愁更有力吧。

「那要去那裡？」

「你們求，神才會給。」

不懂的事，問就對了。

「我去問下面的人。」

繆里說了就想跑下樓，我急忙叫住。

「伊蕾妮雅是哪個商行都不知道，要怎麼問？」

見繆里停下，我低頭查看手上的羊皮紙。房間暗得看不清，便開窗借光。篝火勾人睡意的橙色光線，清楚照出紙上文字。

看似羊毛交易的備註，由上而下有迪薩列夫公證人的簽章、商人的宣言，最後是伊蕾妮雅的署名。字跡優雅，的確像是知性女子會寫的字，不過見到旁邊的文字後，我大吃一驚。

因為那是我所知的商行。

「大哥哥，怎麼了？」

繆里見我神色有異，湊過來查看。這世界看似廣大，其實很小。況且大商行的生意對象像網眼一樣又廣又密，在意想不到的時候遇上了也不足為奇。不過，這名字讓我覺得有些蹊蹺，腦袋裡有些問題就快串成一線。

而且，我對此沒有好預感。

到底哪裡不對勁？

我要盯穿羊皮紙似的注視署名部分。突然間，窗外射來一道尖響。

「……警笛嗎？該不會在抓小偷吧。」

可能是保衛城牆內治安的人在吹哨。港都到處都是硬脾氣的船員，一言不合就開打應是常有的事。抹不去壞預感的我往木窗外探視時，冷不防被繆里推開。

「繆、繆里？」

「這邊！」

我錯愕地往她看，發現繆里看的不是底下，而是天空。

繆里手一揮，天上跟著有顆星掉下來。

「哇！」

星星飛快掠過我面前，嚇得我跌坐在地，幸好有房裡剩下的羊毛堆墊著。眨眨眼睛想看清楚時，我和房間中央的大鳥對上了眼。

繆里毫不害怕地接近牠，摸摸牠的大嘴。

「很遠對不對？謝謝喔。」

鳥鼓起羽毛，將牠的大身體脹得更大，並喘氣似的拍拍翅膀。

「繆里，這隻鳥是……？」

「大哥哥，信。」

她解開綁在鳥腳上的紙扔給我。看樣子，牠是從勞茲本送信來的。我愣了一下就打開信紙，上頭沒署名，但看得出是海蘭的筆跡。

這時往大鳥看，不是想知道牠懂不懂人話。

而是因為這樣送信來，表示內容十萬火急。

「信上怎麼說？」

「我已從使者得知二位在北島的成功，感激不盡。關於第二名的部分，不要奢望他會對神有半點崇敬，他是會不擇手段爭權奪利的人。」

既然海蘭會如此露骨地批評他，情況一定很糟。

「我也知道在部分商人間的流言，這就請你當作是無稽之談吧。畢竟第二名現在根本就沒有餘力作那種大夢。他將涉入這場風波當成一次機會，擺明想搶第一名的位子。家裡會變成怎麼樣，他根本就不在乎。在全國廣開金庫，請當作是為了籌促資金。」

海蘭沉穩且有力的文筆，看得我手心出汗。

裡頭沒有絲毫熱情或夢想。

信上說，克里凡多王子企圖利用王國與教會的衝突篡奪王位，不惜引發內亂地從教會徵收資金。

「假如他蒐集聖遺物不是為了求神賜福於自己——」

而是讓他人來祈禱。

信仰是人遭遇困難時的心靈支柱。

那麼，人生中什麼時候最需要信仰？

就是面臨生命危險的時候。例如打仗。

「跟隨第二名的人，都是想在他成為第一名時分一杯羹的利益薰心之徒。我招募你，是要將你引薦給第一名……」

讀完信，一旁傳來大鳥用喙搔腳的聲音。

「所以伊蕾妮雅被騙了嗎？」

繆里疑惑地問。根據海蘭的信，是可以作這樣的結論。

也可視為伊蕾妮雅自己想太多了。

然而拿信的手汗流不止，是因為另一件事。

心跳聲大得我胸口發疼。

王位繼承權第二順位的王子計畫篡位，不惜引發內亂也要從國內弱小教會徵收資金。

協助這個王子的人，都是希望在王子繼位之際獲得回報。不外乎是各種特權，或是封爵成為貴族。

那麼現在可以用更簡單的方式解釋伊蕾妮雅的行動。

因為——

「繆里。」

「……怎樣？」

她應聲的語氣不像平時那麼悠哉。

獸耳獸尾都緊張地繃起。

因為表情也是同樣緊張吧。

真希望我猜錯了。可是我在北島，已經體會到只看自己想看的事物是一件多麼危險的事。改變自己的想法是一件非常痛苦的事。

「說不定伊蕾妮雅小姐沒有被騙。」

「……大哥哥？」

我只能對惶恐反問的繆里這麼說。

「說不定是她在騙我們。」

獸耳獸尾的毛立刻豎起。

「大哥哥。」

「聽好了，繆里。」

我一步也不退讓，展現伊蕾妮雅掉在木箱邊的契約書。

「這裡寫的是她商行的名字，叫做波倫商行。這是我認識的人建立的商行，在狼與辛香料亭落成和妳出生的時候，他們都有來道賀。」

繆里愣了一下，大概是我的表情和說的話有落差吧，她支吾地說：「感、感謝他們？」

可是，既然伊蕾妮雅是波倫商行的人，事情就容易解釋了。

我曉得商行的主人知道並能夠接納伊蕾妮雅的真面目，也曉得伊蕾妮雅傾慕主人。波倫商行的主人伊弗．波倫是個奉行守財奴之道的商人，但不是個壞人。

然而伊弗．波倫也有過去。她是溫菲爾王國的中落貴族，爵位是丈夫以金錢買來，後來因羊毛買賣破產。後來她自食其力成為商人，風險再大也面不改色，最後成為在南方之地築起巨大商行的女豪傑。孩提時代所見的伊弗，渾身散發孤狼氣息，不過從當時她就是個溫柔體貼的人。

鎮上商人猜測伊蕾妮雅是會愛上雇主的類型，說不定還真的讓他說中了。

若伊蕾妮雅如此奔波都是為了伊弗，那原因只有一個。

「我的意思是，伊蕾妮雅小姐說不定是打算幫伊弗小姐取回她在王國的爵位。」

這樣我就能理解了。比起前往大海盡頭尋找存在成謎的新大陸，建立新國家，這樣容易理解

多了。

向候鳥打聽消息，也不一定是她認真的表現，或許只是遠地貿易商本來就有這樣的好奇心，也更合理。她是羊的化身，且候鳥可能知道許多不為人知的事，問候鳥也是理所當然。

從這裡覺得她費煞苦心、堅忍不拔，純粹是個人的想像。

哈勃不是警告過我了嗎。

伊蕾妮雅不是普通女孩。與她交談，主導權一不小心就會被她搶走，攻破心防。

假如伊蕾妮雅打從在船長室醒來，知道繆里的存在以及我們感情很好之後，就已經在盤算怎麼利用我們，編一套故事應該不會太難。

而最有效的謊言，總是混雜在真實的樓塔，與對手想聽的話之中。最後再鼓吹一些成見和偏見作收尾就大功告成了。

誰說羊女應該比狐狸正直？

不就是從不鬆懈，主宰森林的狼嗎？

「伊蕾妮雅小姐她……」

雖然每個字都令人傷心，但我不得不說。

「一直在騙我們。」

這樣想就明瞭多了。伊蕾妮雅帶走了聖人之布，假他人之手轉賣優質羊毛，旅費到手就遠走高飛。畢竟一旦謊言拆穿，在繆里的爪子和獠牙面前難以全身而退，這個城鎮對她也沒有利用價值了。

她原本就是遊走於各大城鎮的人，失去這個據點應該不會有多少影響，所以才會住在旅舍裡吧。

「可、可是……」

當然，繆里有話想反駁。儘管她調皮搗蛋，喜歡惡作劇，卻也有慧眼獨具得教人瞠目結舌，幾如智者的時候。而她即使經常數落我這個年紀相差許多的哥哥，她終究是一個剛柔並濟，人如其齡的少女。

這樣的背叛，是她有生以來第一次吧。

「繆里。」

我輕呼她的名字，伸手要抓她的肩。

但被她撥開了。

「騙、騙人，伊蕾妮雅姊姊怎麼會騙我們。」

我懂她為何無法相信。她是真心認為她們能作好朋友吧。

又或者，繆里也被「只屬於她們的王國」這麼一個夢想給迷住了。

那是她再也不必畏首畏尾，能在世界地圖上堂堂標示出來的地方。

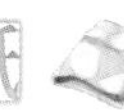

「伊蕾妮雅小姐是羊的化身，就算被人攻擊，真有危險的時候還能靠自己的力量逃跑。沒那麼做，不就代表她是自願出去的嗎？」

我知道她很難過，但只能逼她接受現實。

要推翻一度建立的印象並非易事。就像我依然當她是妹妹，她也無法用大哥哥以外的稱呼叫我。

可是，這世界並不會事事都順我們的意。

「繆里……」

繆里縮成一團哭了起來。我遲疑了一會兒，最後還是把手扶上她的肩。

這次沒撥開我了。

我抱住繆里小小的身體，眼睛不經意地轉向仍在房中的大鳥。

以表情致歉後，牠頗為無奈似的左右晃了兩三次頭，飛出窗口。

請大鳥從空中搜尋伊蕾妮雅的念頭閃過腦中，不過還是別找的好吧。要是再見面，繆里可能對她太過執著，把事情鬧得更嚴重。

離開了舒服的家園，就是會遇到這種事。我只能更使勁地緊抱繆里，以免她的心四分五裂。

這時，我注意到走廊上的腳步聲。

這裡是伊蕾妮雅的房間，待太久自然會啟人疑竇。

「寇爾先生。」

就在我要催繆里先離開房間再說的時候，門後有人叫我，嚇了我一跳。

聲音緊接著說：

「斯萊先生有要緊事找您過去。」

繆里抬起哭花的臉，與我四目相對。

「您在嗎？」

我對斯萊說過要來銀船頭旅舍，只要在酒吧打聽一下，那些豪爽的水手就會說出我在這吧。

「在，請等等。」

答話後，我再次注視繆里。

「還好嗎？」

繆里沒有答話，逞強似的將臉埋進我胸口，用力地蹭。

表示她不要緊吧。

「乖孩子。」

我摸摸她的頭，她皺著眉收起了耳朵尾巴。

「斯萊先生找我？」

開門見到的，是個年紀與我相仿的商人。

「是的，有個小……不，很大的問題，請您盡快回去。」

很大的問題？

年輕商人看看走廊，潛聲說道：

「聽說伊蕾妮雅．賽吉兒被議會抓起來了。」

「咦！」

商人的眼緊盯著我。

「罪名是竊盜。聽說她從大教堂偷了大量寶物。」

只有意識倒退幾步的感覺侵襲了我。

猜錯是值得高興，不過事情仍是往壞的方向傾斜。

「冤、冤枉啊，寶庫早就是空的了。我能替她擔保，她只有拿等同稅額的東西走。」

儘管她依然可能是為了利用我們才說那些荒唐的夢話，可是我怎麼也無法相信是伊蕾妮雅搬空寶庫。

「當然，議會也因為您成為共犯而吵得不可開交呢。」

通往海角的路很醒目，又有乞丐待在底下，懷疑的矛頭自然會指到我身上。不過，該說服的對象不是眼前這位商人。

「所以要我出面解釋吧？」

「對。斯萊先生也會替您作證，請放心。」

伊蕾妮雅的目的和這件事是兩回事。

恐怕是哈勃為了保身，要找個藉口說明寶物的去向才賴到她頭上。要責怪很容易，但若我能再聽他多訴點苦，或許就能防止這種失控行為了。

「我替您帶路。」

商人這麼說完就動身離去。跟上之前，我看看繆里，牽起她的手。

「不用怕，神會站在對的人這邊。」

繆里在握手前稍作停留，往我看來。

「當然我也是。」

那小小的手這才緊握我的手。

夜色深沉，港都迪薩列夫瀰漫著挾帶倦怠感，要使人融化的氣氛。

酒醉喧鬧的階段已經過去，到處都能見到有人倒臥桌面，聊著不知重複多少次的事。

我匆匆跑過他們之間，冷靜地奔向大教堂。

由橙紅篝火烘托輪廓，彷彿擺在火裡熏烤的港都另一頭，能見到大教堂的一小部分。

燈塔有火光，整座大教堂卻是靜悄悄的。

三人碎步前行的途中，我向德堡的商人詢問事情經過。

「主教大人是午後向議會通報，說他讓一個羊毛經銷商進來徵稅，結果一不注意，大部分寶物都不見了。」

「議會就這樣信了？」

「畢竟議會標下徵稅權是為了替王子做事……而徵稅這種事總是免不了糾紛，況且大教堂的主教來報案，總不能裝作沒聽見。」

難道哈勃的狀況有那麼危急嗎？雖然只對話過幾句，但我不認為他會做出陷害他人以求自保的事。

不，這是我自以為吧。或者原本就沒有哈勃這個人，全都是主教在演戲也說得通。

「那麼伊蕾妮雅小姐也在大教堂。」

「對。主教大人和議會幹部都在。」

可能正在那裡爭論不休吧。

「那麼有人去伊蕾妮雅的房間搬東西，是議會的人要扣留證物嗎？」

這樣就能解釋伊蕾妮雅為何沒有抵抗，搬東西的人自然也不會對酒吧的人說實話。

商人轉過身來，緩緩頷首。

「一切就交給神來證明吧。」

說完就繼續向前跑。海角底下的幾個乞丐，呆然看著我們奔上石階。

石階在夜晚的視野比想像中更糟，看不清哪裡是懸崖，跑得心驚膽跳。想到踏錯一步就要墜海，以及前方還有好長一段就腿軟。

不過石階當然沒那麼窄。風比白天略強，爬得很辛苦，不過夜景像撒了一地的炭火，十分美麗。

抵達教堂前廣場時，四周靜得感覺不到一點人的動靜。要是出了兵點起篝火，想必會在鎮上引起軒然大波。

我在商人帶領下繞到後門，有個小伙計在那顧著。他縮著身子，看起來很冷，但一見到我們就挺直腰桿，以恭敬動作敲門。

窺視窗隨即滑開，一對不放鬆戒備的眼向外掃視，接著鐵門開了。

「久等了。」

門後的人有個大肚腩，身穿直條紋襯衫。腰帶在右側往下垂了一大段，胸口佩有羽飾。

看那身典型城鎮士紳的穿著，不是曾當過商人就是富裕的工匠公會會長。

「我是議員提歐。」

「我是托特・寇爾。」

他接連和我跟繆里握手。

「我們接到主教大人報案，正在檢查寶庫。」

「議會相信主教大人的說法？」

走廊上，提歐面對我的質疑而無奈一笑。

「怎麼會呢。寶庫空成那樣，區區一個經銷商根本偷不了那麼多。」

按理來說確是如此。

「可是主教大人就是認為她辦得到，所以才搞得我們都得爬上來。」

「她能怎麼偷？」

除非會魔法，否則辦不到吧。

才這麼想，提歐動作老練地靠過來耳語：

「他說大教堂裡有很多密道和密室，伊蕾妮雅就是用密道一路送到海角下，用船運出去。」

「……」

我不敢置信地往提歐看，而他聳聳肩說：

「密道的事其實不該告訴任何人，大主教是害怕盜寶嫌疑落到自己頭上才出此下策吧。總比絞刑繩套到脖子上才後悔來得好。」

意即這是場苦肉計。

這麼說來，哈勃真的就是主教本人嗎？唏噓自己實在沒有識人之明時，提歐更直接地大嘆口氣。

「不過最大的問題是，主教大人都不清楚密道的位置。」

「咦？」

我往提歐看，見到他眉皺得鼻梁頭也歪了。

「主教大人是在垂死掙扎吧。不知道他是想在教會和王國起衝突的時候保身還是斂財，總之他自己偷偷把寶物送出去藏起來或賣掉。直到徵稅的人來了，眼看這件事就要曝光，於是用盡任何手段想矇混過關。」

這麼說來，主教到底是不是牧羊人哈勃？吝嗇又貪心的主教本尊，沒理由在這時候還想隱瞞密道的位置。

哈勃見到禮拜室和聖壇之間的普通寶庫裡還有個祕密寶庫時，顯得非常驚訝。而見到事情有二就認為有三是人之常情，有更多祕密也不足為奇。可以理解他想把機會賭在還有密道的心情。

而且從寶庫盜寶，怎麼想也不會走海角的步道。走在那條路上，從鎮上看得是一清二楚，況且底下還有乞丐聚集，即使趁夜偷搬也很難掩人耳目。

「所以各位正在這裡找密道？」

「不得不找啊。雖然主教大人的說詞很難採信，但要是不信就等於說主教做賊的喊抓賊。這種事必須向國王稟報，到時候主教大人就要上絞刑台了。要是侍奉神的聖職人員冤死在這，迪薩列夫就要被詛咒了。」

看來他們是經過幾番糾結才決定來這看看再說。

能肯定的是，這寶庫裡原本有堆積如山的寶物，可是現在全沒了。

據說水底下也會有漩渦，將誤闖的船隻拖下去。

伊蕾妮雅就是遇上了這種事。

「既然這樣，我也來幫忙……」

我看著繆里這個搜尋密道最佳良伴如此說道，然後發現既然有繆里在，找密道不是問題。所以無論其他密道存在與否，問題在於確認之後的該怎麼辦。

因為假如還有密道，會讓伊蕾妮雅的處境更不利。

且在寶物遭盜的情況下，密道一定會用來盜寶。知道其存在卻刻意隱瞞，合乎神的教誨嗎？知道隱瞞密道存在就能解救無辜，這樣也要說嗎？

問題還不僅如此。

當伊蕾妮雅洗清罪嫌，哈勃就要因誣告而問吊了。

我直到現在才發現，自己走上了一條窄得可怕的路。

光線陰暗，只能看見腳邊兩、三步的地方，且路途左彎右拐。接下來該往哪裡踏？要相信誰的說詞？

當然，最好的選擇是找出真正盜寶的犯人。

可是人並不是全知全能的神，神又鮮少呼應人的呼喚。

感覺腳步霎時變得沉重，教堂裡的陰暗更深了。

裝設於走廊的燭台，點著稀疏的火光。

走過燭光下，我們終於抵達寶庫門前。

三個穿著類似提歐的人聚在門前，束手無策似的對話。

一注意到我，他們一個樣地摘下帽子。看來都是商人出身的人。

「主教大人和斯萊先生都在裡面。」

我應言進門。這間寶庫依然裝滿雜物，裡頭偽裝成層架的密門敞開著，斯萊正往裡頭窺探。

「喔喔，寇爾先生。」

「狀況我在路上聽說了，現在怎麼樣？」

「這座教堂年代久遠，不曉得哪裡會有什麼祕密。聽說很久以前，北方島嶼地區還有真正的海盜那年代，這裡有過一場戰役，大教堂即是當時最後的要塞。這狹窄的入口裡面的寶庫，可能是為了籠城戰而造的。」

站在門口，能感到風由後往前吹。可見裡頭有氣孔，空氣從那流出去。

我扶著布滿歲月痕跡的石牆，懷想過往。遭受海盜襲擊的人們逃進這裡，在狹窄通道裡持槍舉斧埋伏敵人。通道只有一個人寬，手難以活動，即使是弱小的老人和女子也能守上好一陣子。適合存放寶藏的地方，也適合保護人命。

「主教大人在裡面？」

「對，他認為裡頭還有密道，經銷商一定就是從那裡送走寶物。同時遭殃的那位小姐也在裡面。」

斯萊似乎也對哈勃的說詞不以為然，不過對哈勃來說是拚了命在撒這個謊。當然，這也攸關伊蕾妮雅的生死。

可是誰說的才是實話，目前仍毫無頭緒。一個人不能同時坐兩張椅子。我能做的，就只有做出不會讓兩張椅子擺在一起的選擇。

「我認為主教大人的說詞根本是無稽之談。」

「就是啊。主教應該是被人發現自己把財產處理掉才想栽贓嫁禍。」

斯萊冷冷地說。鑑於這座大教堂與其他教會組織對王國的所作所為，那也許是當然的反應。

「我去和主教大人說幾句話。」

「知道了。我和部下去找其他地方。」

見通道深處有些微火光，我就不拿燭台了。樓梯很陡，我讓繆里先下去，再扶著她的手走。

每下一階，我的思緒就更深一分。

這問題無法靠繆里的力量解決。說服哈勃，請他別再堅持伊蕾妮雅是犯人後，我還有必要站在他這邊，告訴人們他不是壞人。但若哈勃就是主教本尊，不是什麼牧羊人，甚至寶物真的是他偷的，又該如何是好？

更進一步地說，當一切真相大白，哈勃就是主教，也是犯人時，我能在判罪議決上為絞刑投下贊成票嗎？

若他長年吸取民脂民膏來斂財，又為保身挪用那些財產，他當然該負起應有的責任。就算是小孩，在某些地方偷麵包都要剁手了。竊占如此龐大的金銀財寶，無論有何方神聖的護佑都沒救了吧。

犯罪就該受罰。

最後只看我決心夠不夠而已。

離開充滿溫泉的享樂之地，要在這個殘酷的野蠻世界求生的決心。

「繆里，我——」

就在我開口這一刻。

「大哥哥！」

繆里回頭大喊。

接著想在狹窄通道中硬鑽過我身旁，但為時已晚。

背後的門已經關上，並有「喀鏗」的上鎖聲。

「可惡！」

繆里好不容易鑽過我，手腳並用地爬上樓梯往門板撲，但得到的只有沙沙的刮鐵鏽聲。層架背板是一整塊厚實鐵板吧。

繆里轉過身來，在黑暗中抓起麥穀袋，想恢復狼身。

而我無法制止或予以肯定。

因為滿腦子都是應就在門後的斯萊。

「為什麼？」

三個字道盡了一切。我們被斯萊困住了，不是誤會也不是意外。要上密門的鎖，得跪下來將手伸進層板底下才辦得到。

我蹣跚地爬上樓梯，在繆里頭上搥打鐵板。

「為什麼！」

對方當然沒回答，我其實也不必問。誰說的是實話，已經由行動證明了。

從寶庫竊走寶物的不是別人，就是斯萊。

我並不憤怒，說不定連訝異也沒有。

心中只有巨大的失望。

「大哥哥。」

繆里的紅眼睛從手臂底下看來。

憑她的尖爪獠牙，說不定能擊穿鐵板。

可是有個問題。

「在這麼窄的地方？」

繆里的人形雖是個瘦小少女，狼形卻大到我能騎在背上。

她似乎沒想到這點，眼中的紅稍微褪色，焦躁地四處查看。

「只要頭能鑽進去，大概就……」

「在這裡試這種事太危險了，我們先往裡面走。」

繆里不甘地點點頭，隨我移動。

結果在裡頭房間，我們發現了伊蕾妮雅手腳被縛，倒在地上。

「伊蕾妮雅姊姊！」

繆里衝上前，想搖她的肩卻臨時停手。見伊蕾妮雅不省人事，繆里先湊近鼻子檢查有無受傷，最後聞聞脖子。

「好像是昏倒了，頭上有個包……」

應該也是被騙來這房間，從背後捱了一棍吧。

「伊蕾妮雅姊姊、伊蕾妮雅姊姊！」

繆里放鬆戒心，輕拍臉頰喊她。

一會兒後，伊蕾妮雅輕聲呻吟，徐徐睜眼。

「繆里……小姐？」

「太好了，妳怎麼樣？」

伊蕾妮雅按著頭，緩慢起身。

總算站起之後，她難為情地微笑。

「我真是隻笨羊，完全掉進陷阱了。」

伊蕾妮雅長嘆一聲，重整心情說：

「結果我又被你們救了。」

這話讓我和繆里臉都僵了。她立刻察覺異狀，往我們背後那條狹窄通道看。

「該不會，那個……」

這不是掩飾得了的事。

「對。就在剛剛，我們也被關進來了。」

伊蕾妮雅臉上沒有表露失望神色，這是源自商人的圓滑機敏嗎，還是來自至少沒落單的安心呢。

總之，先確認現況再說。

「……伊蕾妮雅小姐，妳是被德堡商行的斯萊關進來的嗎？他說主教大人告您竊盜，現在有群人在這調查就帶我們來了。」

「他也是用一樣的伎倆。主謀多半就是斯萊，主教大人那邊……應該無關。被叫來大教堂之後，我一眼也沒見到他。不是已經殺了他，就是給他點封口費，要他離開這裡。」

聽伊蕾妮雅垂下視線，回溯記憶般這麼說，我背脊一涼。

希望至少是後者。

「可是我早該發現的……能從這間寶庫偷東西出去的人，肯定是當地人。如果是主教大人自己運出去，要花很長一段時間，不太可能在教會與王國交惡的時候辦到。既然如此，我應該更小心謹慎才對。更何況我們的行動很可能早就被犯人知道了……」

在我們打聽伊蕾妮雅的背景時，斯萊也從他的情報網掌握了一切。根植城鎮的商人，就是在這種世界裡打滾。

「主教大人說的祕密通道呢？」

伊蕾妮雅以乞憐般的表情望向房間一角。

「應該是胡謅的吧，這裡頂多只有那個氣孔。」

門一開就有空氣流入，就是因為它吧。

「不過……這樣我又不懂了。他們要怎麼從這裡偷走寶物？就連哈勃……喔不，連主教大人都不知道有這個地方啊。」

聽我說溜哈勃的名字，伊蕾妮雅嗤嗤笑起來。

「他向您承認啦？」

「……妳也曉得啊。」

「那是這鎮上大家都知道的事，只是沒拆穿罷了，以為成功騙過大家的人只有他一個，所以才會被人利用吧。」

妳不也是利用了這點嗎。想這麼說時，我注意到她另有含意的眼神。

「是啊。因此，我敲門的時候是認為勝券在握，結果……落得這個下場。羊還是贏不了牧羊人呢。」

不知該不該笑時，伊蕾妮雅繼續說：

「可能是頭被敲醒了吧，知道斯萊才是幕後黑手的那一刻，我也想通寶物是怎麼偷走的。」

我下意識地望向層架，剩下的都是應該先處理的大型物品。

「就是趁送食物的時候。」

「……啊！」

這世上，上坡和下坡哪個多？

從海角底下直達頂端的石階，是出入大教堂的唯一途徑。石階日夜暴露在人們的視線底下，還有一群乞丐看著。

如此一來，只有兩種可能。一是設法讓任何人都不會看見，另一種就是被人看見也不怕。只有運送食物的商人不會引起任何懷疑。

如同去程上坡，回程就是下坡，送貨進來的人一轉身就是帶贓物走的人。這裡只剩下大型物品，是因為體積比送來的食物大，無法偷運出去。

「不空手而回乃是貿易的基本，這樣能多賺一倍。」

「所以斯萊知道徵稅順利才那麼吃驚嗎……因為他早知道除非找到這個祕密寶庫，教堂裡湊不到價值五十金幣的東西。」

「他應該有付錢給乞丐，要他們監視我們，所以知道我們既沒有搬著堆積如山的家具下來，也沒有背著那個巨大的金盤。」

「這麼一來，他就會發現妳拿走的是個體積小又非常高價的寶物了。而這個寶物，一定是藏在祕密寶庫裡。這表示他們的惡行擺明已經暴露在他人眼前，才會打算在被人發現犯人就是他們之前先下手為強……」

我邊說邊嘆息，對商人動腦筋的速度抱起莫名的感佩。

而伊蕾妮雅還這麼說：

「他們還順便搜查過剩下的寶物了吧。這種事總不能問主教。」

繆里隨這話站起來，走到蠟燭照不亮的角落再回來。

手上拖著一條毛毯般大的布，應該是用來裹聖遺物存放箱的布。看來斯萊也不認為這是貴重物品。

「只剩下這個了。那個黴味很重的箱子整個不見了，底下已經什麼也沒有，只有一群貪心鬼挖過的痕跡，可以把我們全部塞進去呢。」

繆里說完賊笑起來，大概是想像了斯萊幾個拚命挖洞的樣子吧。

「對了，大哥哥。」

「怎樣？」

「我們有時間這樣閒聊嗎？」

她的眼睛在說，罪人就該受到制裁。

可是還有件令人在意的事。

「斯萊會把我們怎麼樣？」

伊蕾妮雅也是思索的表情。

「……只是想封口的話，把我們推下斷崖還比較快，可是他卻將我們都關在這裡……大概是為了嫁禍吧。盜寶的事總有一天會曝光，若不另外找個犯人，人們遲早會發現真相。」

「可是，他要怎麼做？」

在這狀況下，交給議會也不會像強盜規矩那樣立刻處斬，好歹會先經過審判，而我不認為那會對我們不利。

畢竟在關係到議會的審判上，有海蘭在我們這邊反而是我們占上風，更別說鎮上的人對我深有好感，甚至稱我為黎明樞機，事情肯定對我們有利。

斯萊應也知道這點，伊蕾妮雅也是。

這樣我就更不了解斯萊的行動了。

「呃，你們在說什麼啊？」

繆里不耐地插嘴了。

「這裡有寶物被偷了耶？要是這裡有人，就會被當成犯人啊。」

愛惡作劇的繆里經常被逮個正著而捱罵，有很多百口莫辯的經驗吧。

可是這不是小孩的世界。

「繆里，或許是那樣沒錯，可是這世上有個叫審判的東西。在那裡，人們會透過辯論尋找真相——」

到這裡，我話就停了。

透過辯論尋找真相？

我不禁環顧四周。這房間只有一個出口，四面都是石牆。主教應是冒牌貨，自稱議員的人也多半全是斯萊的心腹，知道真相的人不多，大教堂也鮮有他人出入。

在這種狀況下還談什麼？

簡直愚蠢。

「死人不會說話嗎。」

「就是啊，不趕快逃出去就慘了啦！」

繆里話一說完就從袋子掏出麥穀含在嘴裡，脫光衣服。為她行動之迅速遲疑之餘，我想起繆里不喜歡我看她變狼，立刻轉頭閉眼。

直到有毛摩擦臉頰才睜開。

『頭好像擠得進通道。』

繆里把頭塞進通道入口，往裡頭擠一小段就回來了。

『如果可以全力撞上去，這種門根本——』

她沿著通道往上望，話跟著斷了。

並受到驚嚇般向後退。

我跟著往上看，見到一條蛇爬下樓梯。

蛇？

『這是什麼……水？』

我當下就想到那會是什麼。

「繆里，退後！」

緊接著，通道彼端亮了起來。光愈來愈強，搖搖晃晃地順樓梯而下。

『哇哇哇！』

全世界只怕母親一個的繆里也夾著尾巴向後跳。

蛇以更猛烈的速度向下爬。

那是身纏烈焰的，大量的油。

『怎、怎麼辦，這樣……』

繆里慌慌張張地往通道看，好幾次想衝進去卻又忍住。

火一轉眼就撲滿通道，黑煙堆滿房頂。

衝進去絕不會平安無事。

而且火蛇還逐漸爬進房間內部，無處可逃。

或許是這樣反而好，我沒有自亂陣腳，告訴自己只能利用四周資源，將心思全放在求生上。

「繆里，把架子全推倒！」

繆里也霎時明白我想做什麼，轉身撲倒層架，用鼻子往火蛇頂，將它推回去。雖然層架是木製，還是能擋住油吧。這房間四面都是石頭，只要擋住油就不怕火焰從腳底燒上來了。

但是這樣的想法，也只持續到繆里推倒兩、三座層架，堆在通道口為止。

原本燭光也照不到的房間裡側也滿映紅光，那裡有一堆小山般的薪柴。

接著，著火的油也開始從房頂的通風孔流下，點燃那些柴。

適合籠城戰的地點，也適合關人。

「只要燒死我們，再當作寶物也一起燒了，麻煩就圓滿解決了。」

伊蕾妮雅半笑著呢喃。

『唔唔唔……！』

繆里低吼著朝熊熊燃燒的木架堆壓低姿勢。

我嚇得渾身發毛，衝上去擋她。

「繆里！冷靜點！沒用的！」

『反正不試試看也是燒死在這裡！我還有機會把門撞開！』

她跟著抖動身體把我甩開，並在我再度喊她之前消失在通道裡。

「繆里！」

吶喊被撞擊鐵門的轟隆聲蓋過。

不知是過了片刻，還是好幾次深呼吸的時間。

當我注意到，狼已經從火焰與黑煙中跳了回來。

『啊嗚……啊啊！』

繆里沒能順利著地，直接橫躺倒下。全身冒著輕煙，前腳和後腳爪之間還有火光閃動。

「別做傻事啊！」

不知是煙熏痛了眼睛，還是腳著火很痛，繆里站也站不起來。我馬上撲向她的腳，用雙手緊緊包住狼掌。

火也燒傷我的手，滋滋作響。

繆里不知是痛還是恐慌，不斷掙扎。在伊蕾妮雅幫助下，我用全身重量死命壓住她，一一撲滅腳掌上的火。好不容易按熄後腳最後的火之後，繆里終於停止掙扎，氣喘不已。

火勢有增無減，熱和光都強得令人睜不開眼睛。

『……大哥哥，對不起，我撞不開門……』

繆里癱在地上說。

「拜託妳不要亂來。」

她抬起頭來，用紅眼睛看著我。

『你是想說死的時候也要端莊嗎？』

訕笑似的話讓我也笑了。

「就是啊。」

繆里嘆口氣，撐起發抖的腳想站起來。

「繆里，妳就躺著吧。」

『不要。不撞開門，大家都要死在這裡。反正都要燒死，我也要用盡全力以後再死。』

可是她萬全狀態下都撞不開門了，在腳底燙傷的狀態下，我實在不認為能撞出什麼名堂，更何況我根本無法眼睜睜看著受傷的繆里一而再地往火裡衝，直到痛苦而死。

既然沒有其他方法，我也只能這麼說了。

「那就讓我趴在地上，妳踩著我去撞吧。」

『啊？我怎麼可能做這種——』

在我們僵持不下當中。

「我有個想法。」

說話的是伊蕾妮雅。

「想法？」

我們人在四面石牆的地下室，唯一的出入口遭到封鎖。房裡堆了薪柴，似乎還有裝滿油的木桶，簡直是個窯。

火烤得我全身發燙，肺彷彿吸氣就會燒起來。剩下的時間，難道只能夠我祈求神解救我的靈魂，至少別讓憎恨與憤怒充斥我的心，使我墮入地獄嗎？

這時，伊蕾妮雅在我面前放下一把劍。來自留在這裡的盔甲。

「我變回羊，你剖開我的肚子，用我的血來滅火。」

「……咦？」

「腸子也能用來擋火吧。全部挖出來以後，就躲進我的肚子裡。火災後的修道院裡，經常能發現完好如初的羊皮紙，烤全羊或全豬不是也很費時嗎？熱度沒那麼容易透進去。」

我茫然望著語氣平淡的伊蕾妮雅。

「妳在……開玩笑吧？」

「這時候還開玩笑？」

她回以苦笑。

「不然所有人都要死，死一個總比死三個好。」

以商人計算得失的眼光來看，或許是這樣沒錯，而且伊蕾妮雅這個冷靜的想法的確非常合理。繆里的體型就沒有大到能讓兩個人躲進肚子裡。

可是擁有巨蹄的伊蕾妮雅就辦得到了。

「吃了烤過的部分，還能長生不老。」

這就是玩笑話了。

『不要！死也不要！』

繆里孩子似的大聲抗拒，當然我也是這麼想。

「我也絕對做不到。」

「要是我們互換立場，您還能這麼說嗎？」

伊蕾妮雅的目光射穿我的眼。

倘若我不是神可憐的羔羊，而是一頭巨羊，且能像母鳥保護雛鳥一樣，犧牲自己換取他人的生存——

像這樣的時候，我會怎麼做。

混帳東西。我不禁對神咒罵。

我會做同樣的事。

「……可是，就算這樣——」

「你們原本就是被我牽扯進來的。」

沉默壓境。

時間在這一刻也不得猶豫的狀況不斷溜走。

火勢持續加劇。

「夠了。」

伊蕾妮雅站起身來。

我無言以對，也無法直視她的身影。繆里吠叫似的說了些話，可是我完全聽不見。我自以為是的理性正對我竊語，說無論是人是狼，本來就會為生存吃羊。有機會在這狀況活下來的誘惑，幾乎使我屈服。

不行，怎麼可以做這種事。但同時，拒絕也是艱苦的抉擇。

我這是想看著伊蕾妮雅白白死去，再看繆里跟著燒死嗎？這樣做不是更沒意義？

理性與感情在火焰的煽動下，簡直要把我逼瘋。

就沒有別的出路了嗎？這裡不是神的居所嗎！

「那個，能請您稍微轉向另一邊嗎？」

略顯羞澀的伊蕾妮雅感覺真的很年輕。仍保有能真心相信大海盡頭有塊新大陸的純真，也一點都不奇怪。

若就此轉頭，就等於接受伊蕾妮雅的做法。她會用劍剖開肚子，讓我們活下去。想動卻動不了，是因為臨死前對時間的感覺會變慢的關係嗎。

隨後一陣衝擊撞的我眼前一晃，倒在地上。

狼形的繆里按倒了我。

『伊蕾妮雅姊姊，我的爪子和牙齒比較利。』

並說出這樣的話。

「好。」

我毫不抵抗地躺著，是因為明白這對每個人都是最好的選擇嗎。

繆里的爪子壓得我肩膀好痛，彷彿確信不這麼做，我就會起來阻止她。

還以為我被釘在地上了。

在北方島嶼地區，神也沒有降賜奇蹟。

能對抗現實的，就只有太古時期受人尊崇為神，爾後受人遺忘的人們。

就連因信仰的無力而自覺愚忠的我，也氣得想跳進火堆算了。明知神聽不見，明知什麼也不會發生，我還是望著火焰，期待天使伸出援手……

「咦？」

我抬起頭，無視於狼爪陷入肩膀，看著那東西。

『大哥哥，拜託你不要白費伊蕾妮雅姊姊的心意。』

繆里懇求地說，但我沒有回頭，目不轉睛地注視那一點。

「繆里。」

『大哥哥！』

聽見繆里難耐的叫喊，我這次清楚地回答：

「繆里，妳看！」

我指向房間角落，那裡有條看似平凡無奇的布。有點厚，有點粗，比一般的布重得多。那和聖人涅克斯之布是同一種布。

原料不是獸毛、植物纖維或蠶絲，斯萊猜想會是金屬。什麼都好。

總之那條布在火焰當中也完全沒有燃燒。

『……怎麼會……為什麼沒燒起來？』

繆里也不可思議地看著聖人涅克斯之布低語。

「繆里，把那條布……」

我再次開口，繆里被我逼退似的鬆爪。在她更加困惑地看著我時，我厲聲說道：

「把那條布拿過來。」

繆里立刻跑過去叼回來，放在我面前，一臉的不解。

『完全……不會燙耶。你之前是說金屬嗎？真的是金屬？』

鐵之類的是火一烤就會發燙的東西，小孩都知道。

準備獻出性命的伊蕾妮雅也不再那麼堅決，茫然看著布。

「打開密門的時候，就是這條布包著裡面的東西嘛。」

聖遺物最大的敵人是什麼？不，之前說守護聖人涅克斯保佑些什麼？紡絲不斷、布匹不受蟲蝕，還有——

「火災不侵。」

這是真正的聖遺物啊。

頓時背後寒毛倒豎，熱淚盈眶。

「這是……這是神的護佑啊！」

我拿起布查看。一點焦痕也沒有，且真如繆里所言，完全不燙，絕不是平白蓋在其他聖遺物之上。

「找地方躲的部分，我可以接受。」

我對呆立的伊蕾妮雅和繆里說：

「可是，我們都要活下來。」

收藏聖遺物的密穴，被貪心的斯萊幾個挖得更大了。

所幸伊蕾妮雅和繆里都是瘦小的女性，三個人勉強擠得進，問題是這個洞是狹長的橢圓形。

「伊蕾妮雅，不可以趴著！大哥哥先趴進去！」

底部最窄，只夠一人躺。而繆里和伊蕾妮雅都很瘦，在底下承受兩人的重量恐怕會壓死。所以最後是以我在下，兩個女孩在上的方式躲。而且都這個時候了，繆里還知道要顧那種事。是擔心我和其他異性擠在一起會擦出火花來嗎。

「妳這樣對她也不太禮貌喔……」

我拿她沒轍地這麼說，不過被她壓上來之後就說不下去了。

「不、不好意思。」

伊蕾妮雅也含蓄地躺到我背上。她們在上，也是因為堅持萬一聖人之布擋不了火，她們還有毛皮能撐一下。

感受著背上兩名少女的重量之餘，我一個大男人躲在最安全的位置，心情很複雜。神終於對可憐的羔羊降賜奇蹟了，而我卻在祂膝下背著兩個少女，讓我不斷為這可恥模樣辯白似的地向神祈禱。

途中，背上傳來繆里的竊笑聲。

「……怎麼了。」

繆里哼了兩聲說：

「嗯嗯？想到火燒完以後就能去咬他們，我就等不及了。」

臨死也要端莊優雅。

我的確這麼說過，不過我們人在不怕火侵的聖人之布所掩蓋的洞裡。

這裡的話，應該傳不到神的耳朵裡。

「請妳適可而止喔。」

「好～」

我們的對話逗得伊蕾妮雅嗤嗤地笑。

在港都迪薩列夫，周遭所有事物變換得目不暇給，耍得我團團轉。

然而終究是塵歸塵，土歸土。真相必然會回歸它真正的面貌，我動搖的信仰也恢復原狀。

火雖仍不停地燒，而我們所走的路卻依然通往希望。

終

幕

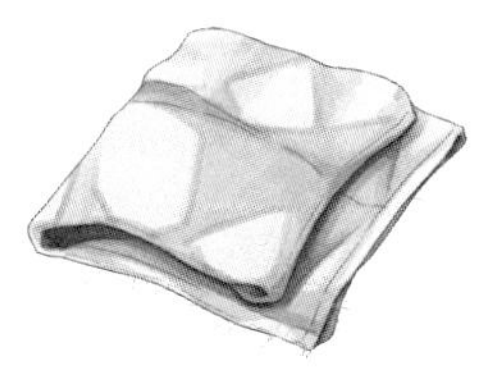

火勢在夜半過後就小了很多，不過有個誤判，那就是餘熱。麵包窯柴火燒完也能靠餘熱烤麵包，溫度沒有那麼快下降。

聖人之布縱能阻隔火焰的直接侵害，也擋不了包圍我們這個坑且步步逼近的熱。還以為再待久一點就要被活活蒸死，不然就是渴到昏倒了。

沒發生那種事，是因為房間角落的木架等物殘骸開始在冒煙時，寶庫的門打開了。

繆里一吸飽隨即流入房中的冰涼新鮮空氣就跳起來，變狼衝出去。等我們踉蹌地離開寶庫，繆里已經把大部分犯人都打趴在地；追上她時，她正將躲在祭壇下的男子嚇唬一番，最後拖他出來。

我和伊蕾妮雅綑起昏厥的犯人，總共逮到八個。原以為主謀斯萊早就先回會館了，結果發現他就倒在寶庫門口，頭一個接受繆里的洗禮。

對斯萊沒先走略感驚訝之餘，我發現他眼睛底下有濃濃的黑眼圈，面容憔悴得與昨晚判若兩人。彷彿這一夜他過得比我們更怕。

他可能是害怕若真有密道，我們已經逃回鎮上了，或者單純是遭到罪惡感苛責。會這麼想，並不是因為繆里也扶額的爛好人空想，而是因為斯萊身旁掉了一本翻開的聖經。

繆里確定沒人躲藏或溜走之後，在大教堂附設的廚房找到個冷水瓶，大口暢飲。

到這一刻，我才終於覺得得救而放下懸著的心。伊蕾妮雅和我一樣放心得腿軟癱坐，說不出話，只有繆里不同。

她找出斯萊幾個帶來的食物，兩手抱著急忙忙不曉得要往哪去。一問才知，她要用寶庫裡依然熱騰騰的石頭煎蛋煎醃肉，烤香麵包。看教堂天窗透來熹微曙光，她是想提早吃早餐吧。

我沒力氣訓話，只能由她去。

比起早餐，還有其他更需要傷腦筋的事。例如後續如何處理。

該拿五花大綁，關進小房間的斯萊幾個怎麼辦呢。一般來說是直接交給議會，說他們就是盜寶犯人，不過直接這麼做似乎不太好。

想到一半，冷不防響遍教堂的敲門聲嚇得我心臟一彈。

繆里到地下室去了。在沒其他人可靠的情況下，我往伊蕾妮雅看，而她正歪著頭往大教堂正門的方向望。

「……魚？」

聽她這麼說，我大概知道誰來敲門了。於是我急忙跑過側廊前開門，見到的果真是歐塔姆。

「搞什麼，你沒事啊？」

全身濕濡，鬚髮都還在滴水的歐塔姆往肩上的大鳥看一眼，長得像鷹的大鳥「嗶——！」地尖聲嘶鳴。

「牠說你們搞不好會被火燒死，我就喝一大堆水趕來了。」

不知那是真是假，總之知道他為何而來了。

「真的有人把我們關進地下室，要放火燒死。多虧有神照看才平安脫險。」

好歹也自稱修士的歐塔姆不以為然地聳了聳肩。

在繆里用差點燒死我們的火做完早餐，開心地塞個滿嘴的同時，我們講述著昨晚的經過。對於如何處置斯萊，歐塔姆有個恐怖的建議——把他丟到離島上，之後逃去哪裡都不管。

最後再補一句「前提是他得先逃得了」。這個建議倒是挺合理。

畢竟他不僅為了脫罪而企圖殺人，還竊走大教堂的寶藏，再怎麼掙扎都免不了絞刑。

儘管有犯罪就該受罰的想法，一想到斯萊似乎翻了一晚的聖經，我就不禁猜想那是他一時慌亂才會有此暴行。況且要是讓人們知道斯萊就是犯人，德堡商行在迪薩列夫的名聲就要掃地，還可能殃及德堡商行整體，一定要避免這種事發生。

但怎麼也不可能無罪釋放。

繆里和伊蕾妮雅都贊成歐塔姆的提議，見到我還想替他們講情，馬上投來頭疼與非議參半的目光，不過我有個更好的點子。

聽我說明後，繆里愣在一旁，伊蕾妮雅和歐塔姆則是鐵青著臉。

「你有時候還挺殘忍的嘛。」

「我也是這樣覺得……」

他們兩個都太誇張了吧，這絕對比流放離島更好啊。

聽我如此堅持，他們也沒有異議了。

只是還有個問題。這個方法必須請歐塔姆和大鳥協助。

鳥那邊，繆里用塊滴著油的醃肉就收買了，而歐塔姆卻悻悻然地說：

「你應該會加倍報答我吧？」

繆里吸著麵包夾不住的荷包蛋，舔掉沾在唇上的蛋黃後對歐塔姆一笑。

「不夠的分，我會去幫你挖回來，拜託你幫幫大哥哥吧。」

礦坑支撐著北島地區人民的生活。只要靠繆里的鼻子跟銳爪，就能找到新的礦脈。

歐塔姆掂了掂損益的天平，不想多計較似的嘆息。

「……真拿你們沒辦法。」

「麻煩您了。」

目送從昨天就一再為我長途跋涉的歐塔姆和大鳥離去後，太陽也從水平線露臉了。

「呼啊~吃飽了就好想睡喔。」

繆里對著美景打個大呵欠，沙沙沙地搖尾巴。

「歐塔姆先生他們應該還要一段時間才會回來，先休息一會兒吧。」

整晚都待在充滿烈焰的房間裡，當然是一夜未眠。繆里已經開始昏昏欲睡，我便抱著她回教堂。

見到伊蕾妮雅動也不動望著海，使我不禁止步。

她看的不是日出的東方，而是沉沒的西方。

「關於要在西方盡頭的大陸建國的事……」

這話來得太唐突，我也嚇了一跳。

「妳對這件事到底有多認真？」

都快融化在我懷裡的繆里立刻緊繃起來。

伊蕾妮雅眺望西方海面的臉，熏黑了一半。

轉頭過來時，帶著不解的神情。

「為什麼這麼問？」

「妳是替波倫商行工作吧？」

兩隻海鳥從海角下乘風飛揚，轉眼就消失在空中。

「是沒錯，怎麼了嗎？」

「我和伊弗．波倫小姐是舊識。妳想取得王子的賞識，不是為了幫波倫小姐取回爵位嗎？」

伊蕾妮雅睜大眼睛。

接著露出尷尬的笑。

「不能說我沒想過，可是……波倫小姐並不想要爵位啊。」

伊蕾妮雅想怎麼說都行，到頭來只看我信不信。

懷裡的繆里捏捏我的手，似乎是認為非信不可。

退讓，不是因為繆里。

而是伊蕾妮雅反而用挑釁眼神看著我，投來無畏的微笑。

「波倫小姐打算等我們在西方的盡頭建國之後，獨占人類世界和我們的貿易。不能賺錢的事，她才不會想做。願意幫我也不是出於憐憫，而是為了金幣。爵位那種一文不值的東西，討不了她的歡心。」

伊蕾妮雅曾說，她想替主人賺取足以年輕回來的大錢。

她也不輸給主人，有如一隻披著羊皮的狼。

我跟著抹去這想法，換個詞說：

「妳真是一隻披著羊皮的羊呢。」

伊蕾妮雅愣了一下，隱隱一笑。

「那算是稱讚嗎？」

「以後要是有人說我像羊，我應該會覺得驕傲吧。」

伊蕾妮雅嘻嘻地笑。

「我要再欣賞一下風景，請兩位先回去休息吧。」

從她挑釁的笑容，能看出這句話不是體貼。

彷彿在說若不相信她，想監視多久都行。

懷裡的繆里變本加厲，開始咬手了。我更用力地抱住她，回答：

「那就恭敬不如從命了。」

伊蕾妮雅當然毫不訝異，只是微微笑，稍歪著頭頷首。

催促繆里回教堂之後，她生了一段時間的悶氣。

應該和我懷疑伊蕾妮雅有關，不過她真正不滿的多半是我們說話頗有弦外之音的部分吧。

我也漸漸了解什麼事會讓繆里吃醋了。

「不要趁我睡覺時跑掉喔。」

「好好好。」

繆里似乎還有話想說，最後還是嘟著一張嘴抱緊我閉上了眼。不一會兒就有鼾聲傳來，而我也同樣地疲倦，很快就失去意識。

再度睜眼時，我要找的人就在眼前苦笑。

「好久不見了，有好好念書嗎？」

那名氣質穩重，蓄著長鬍鬚，略顯老態的人物見到睡得正香的繆里，像個慈祥老爺爺般瞇眼而笑。

「希爾德先生，勞駕您遠道而來，真的很抱歉。」

我請歐塔姆和大鳥從大陸送來的，是在勢力遍布北方地區，甚至能發行所謂太陽銀幣，且一路照顧我們的大商行德堡商行中，負責管帳的大商人——希爾德．修南。

伊蕾妮雅身為商人，當然知道這號人物，但不曉得他也是非人之人，甚為吃驚。希爾德是小兔子的化身，由於體型小，所以我請大鳥和歐塔姆從總行帶他過來。

「事情我在路上都聽說了，找我來是正確的判斷。讓我想起從前的羅倫斯先生呢。」

希爾德看著囚禁斯萊幾個的房間這麼說。

「迪薩列夫會館的利潤實在太高，我早就懷疑有鬼了。可是查不到他們逃貨，也就是走私之類的非法勾當，想不到竟然是偷大教堂的寶物。」

希爾德不勝唏噓地搖頭。

「他們就交給我處置吧。交給議會，再好也是吊死。我會要他們把贓物的下落說出來，在我

的監視下做苦工還債，可以接受嗎？」

我當然是贊成，但伊蕾妮雅和歐塔姆似乎仍不滿意。

不解地往他們倆看時，希爾德搖肩而笑。

「請放心，我不會讓他們死在礦坑裡。」

「啊。」

能和槳帆船的划槳手相提並論的艱苦工作，就屬礦工了。比起身上繫著鎖鏈，成天擔心得肺病或崩塌，流放離島還愜意多了。

歐塔姆和伊蕾妮雅，都是宅心仁厚的人。

至於繆里，她只管大啖用差點燒死我們的火做的早餐，對其他事不感興趣般聳聳肩。

那麼看樣子，這件事就到此落幕了。

受夠了的我喘一口氣，希爾德為隨風飄來的焦味皺起眉頭，並說：

「話說，你們被關在那種地方燒，是怎麼活下來的？」

聽希爾德百思不解地問，我才赫然想起這件事。

「因為有聖遺物的保佑。那是真正的聖遺物啊。」

那條布救了我們一命，我卻把它給忘了。以後恐怕沒臉笑人「好了傷疤忘了痛」。

我急忙返回過了這麼久也依然熱烘烘的寶庫，取來聖人之布。

「就是它，聖人涅克斯之布救了我們。」

「喔？」

身為神之奴僕的我驕傲地展示布。希爾德側首端詳，摸了布之後慢慢點頭。

接著往我看來，眼裡帶有歉意。

「寇爾先生。我知道你是一個十分虔誠的人。」

下了如此前言後，他說：

「可是這條布能救你們一命，並不是因為有聖人保佑。」

「咦？」我愕然啞口，而這時插話的居然是伊蕾妮雅。

「請問這到底是什麼布？我實在看不出它的原料究竟是什麼。」

繆里也很好奇，鯨魚歐塔姆也被它勾起了點興趣。

希爾德環視我們，清咳一聲說：

「是礦石。」

繆里愣了一下，毫不客氣地笑著拍拍希爾德的手臂。

「希爾德叔叔，大哥哥真的會信喔？他還說有一種樹會長出羊，有人會拿來織布咧。」

「那只是人們對棉花的一種形容啦。」我向繆里解釋，而希爾德笑也不笑地說：

「不要笑，其實那真的很接近那種感覺，我也懂妳為何無法相信。不過呢，這個世界總是能輕易粉碎我們既有的想像和觀念。這真的是礦石組成的東西。」

他手上的東西，怎麼看都是布。

可是那的確不會著火，不會導熱，不可能是一般的布，也不是金屬。

「這叫做石棉，能在挖礦時找到。就連礦業起家的德堡商行，也很少見到品質這麼好的石棉。要說是奇蹟，的確算是奇蹟。哎呀，見到寶貝了。」

希爾德看起來是由衷地讚嘆。

想不到會有用石頭織成的布，這比聽說西方盡頭還有片大陸更讓我吃驚。

既然有這樣的東西，什麼都有可能了。

連繆里也驚訝到幾乎恍神。

「那麼，我就把這些不肖部下帶回去處理了。各位先回鎮上好好歇息吧。」

在熊熊燃燒的寶庫待了一晚，疲勞不是補個眠就能消除。

而且得知聖人涅克斯之布的真相，又讓我頗為喪氣。

歐塔姆似乎很喜歡大型石造建築，要留下來參觀一會兒，我與繆里和伊蕾妮雅三人一起離開大教堂。

門外景色依然是那麼地壯觀。

藍天清澈，海風薰香。在此令人感到造物主偉大的畫面裡，還有出海的漁船，遠航的商船，

港都人們忙碌的生活百態，和自在翱翔的海鳥。

或許世界就是這麼充滿驚奇，深富變化，不會固定於單一樣貌。

那麼想必有某些地方，會因為我們的行動而變得更美好。

對於伊蕾妮雅所說的西方盡頭的大陸、克里凡多王子等關於王國與教會對立的可能真相，目前我仍無法妄作定論。

但若事實真往我不樂見的方向發展，我也覺得現在的自己有能力堅強面對了。

我牽著繆里的手走下石階，引來伊蕾妮雅的微笑。

注意到前方有人上來，是海鳥群飛過頭上之後的事了。

「哈勃先生？」

我不禁叫出他的名字。他一副心事重重的樣子，看著腳邊走路，被我這一喊嚇得猛然抬頭。

「寇、寇爾先生？」

接著渾身發抖，當場腿軟癱坐在地。

我急忙上前攙扶，只見哈勃交握雙手向神禱告，哽咽呢喃：

「幸好你們平安回來……我已經沒臉再站在神的面前了……」

有幾件事需要問問他。

「哈勃先生，您和斯萊先生見過面了吧。」

「是的。」

哈勃自白罪狀般繼續說：

「他說如果要活命，就拿了錢快走。偷走寶物的人，其實就是他吧？」

伊蕾妮雅之前猜測哈勃不是收了斯萊的錢就是已經喪命，還真的被她說對了。

「他很早之前就知道我是假扮的吧。就算我反抗他們，把事情鬧進議會，議會多半也不會聽我這個冒牌貨的話。所以我還是選擇了錢。」

哈勃話中雖充滿痛苦，但他仍抬起了頭。

因為他現在就在這裡。

「雖然我收了錢也無法安心，因為另一件事讓我擔心得要死。知道寶庫的人不只我一個，而且寶物被偷，就一定有個賊，所以很快就想到他們會怎麼做了。我是牧羊人，很清楚這種事到最後會把罪栽到誰身上。」

災厄總是外地人帶來的。

而我、繆里和伊蕾妮雅都不是這個鎮的人。

「我只是個牧羊人，原本想乖乖一走了之，可是……」

經過一夜苦惱，哈勃沒有逃跑。以凝重神情登上石階的他，心中甚至有為自己的正義赴死的準備了吧。

不起眼的布，盒子上若有大人物的題字，再附上說明來歷的文件，就能當聖遺物賣了。而哈勃雖是主教的替身，卻穿著主教服在教堂過了許多年。

「您已經是一個真正的主教了。」

我扶著他的肩說：

「您比真主教還要真，我敢替您保證。」

哈勃注視著我，以陽光般耀眼的表情苦笑。

「神會告訴我該怎麼做吧。其實我自己，也想把這別人要我頂替的角色做好。」

若扮演主教的哈勃回來了，相信希爾德善後起來也會更容易。告訴他統管德堡商行的希爾德也在大教堂之後，我也為他返回大教堂的勇氣讚美幾句。

哈勃登上石階的背影，感覺英挺多了。

不會有人相信他原本是牧羊人吧。

「這算是弄假成真？」

繆里這麼問。

「或許是吧。這個世界還是有很多美好的事呢。」

心中一片祥和的我這麼回答，結果繆里用力握住我的手說：

「那我也不要太早放棄好了。既然牧羊人可以變成主教，石頭可以變成布，那我變成大哥哥

「……咳咳，大、哥、哥的新娘子，應該很簡單吧？」

「……」

重複「大哥哥」時的得意笑容和那令人頭痛的話讓我啞口無言，逗得伊蕾妮雅在一邊笑。

「先回去洗個澡，找張大床睡一覺吧！累死我了！」

「想住我那間旅舍的話，應該馬上就能備妥房間喔。」

「我想跟伊蕾妮雅一起睡，好像會有好夢。」

伊蕾妮雅略顯訝異，最後笑著點點頭。

「大哥哥，可以吧？」

都講好了才問我。不過我是羔羊，對方是頭狼。

只能聳個肩由她去了。

太陽高掛頭頂，海鳥活潑地鳴叫。

我向神祈禱，希望從今以後一切順利。

後記

J先生，我擅自臨時取消，真很對不起。

這次原稿拖了太久，讓我非得頭一句就是這樣的私事不可。在這也向各相關處所說聲抱歉。

我在寫《狼與羊皮紙》的前一系列《狼與辛香料》第三集時，也是完全不能照著草案寫，出場角色的年齡和立場也有大幅變更，最後從頭重寫，折騰死人了。可是當時好像照樣能準時交稿……因而想到的，大概是「老了」吧……已經不能再像以前那樣在截稿前夕咬牙苦撐了。從《狼》系列初期一路跟隨到現在的讀者，有同樣感受的應該不少吧！最近才接觸這系列的年輕讀者們，請於十年後再翻一次，相信你們也能體會這種感覺。而我也會繼續努力，讓各位十年後依然願意從書架拿下本系列。

這樣的結尾應該還不錯吧。

話說前陣子，我買了生平第一台電視。我從十幾歲就相信不看電視比較酷，原本一直都沒買電視的念頭。不過最近的主機遊戲看起來很好玩，最後敗給了誘惑（過去玩的都是電腦遊戲）。

現在的電視畫面好大好漂亮喔。而且有機ＥＬ面板電視終於問世，說不定再過不久，美少女就能從螢幕跑出來了。不過畫面太細緻，眼睛容易累，價格又頗高，結果選擇了普通電視。然而普通電視也有讓我吃驚的地方——可以直接看 YouTube 和 Netflix 耶。在配備項目上見到這些詞時，我還搞不清楚是怎麼回事，畢竟那都是只要接上網路就能開瀏覽器看的嘛。可是這樣用遙控操作起來很累，是不是要接個滑鼠，接鍵盤打字，再開各種 App 來用就萬事ＯＫ了吧？好像可以賣很多週邊喔！總覺得在哪裡也見過類似的機器。

總而言之，每隔一段時日逛逛電器行，都會讓我為科技的進步驚嘆連連。最近ＡＩ的話題炒得很熱，聽說還有作家用ＡＩ寫作，使此時此刻的我，不禁擔心自己是否與時代脫節。喔不，跟上時代之前，先跟上截稿日比較重要吧。

就這樣，後記到此為止。

我們下集再見。

支倉凍砂

Kadokawa Light Novels

狼與辛香料 1~19 待續

作者：支倉凍砂　插畫：文倉 十

寇爾與繆里的遠行使溫泉旅館人手不足
新員工同為狼化身女子威脅赫蘿的地位!?

寇爾與繆里踏上旅途後，旅館變得人手不足。為應付旺季的人潮，羅倫斯決定僱用在斯威奈爾事件中認識的女子──瑟莉姆。而她其實和赫蘿一樣，是狼的化身。身兼老闆娘與狼之化身的赫蘿，雖想在新員工瑟莉姆面前維持威嚴，卻顯得心事重重──

各 **NT$180~240/HK$50~68**

台灣角川

Kadokawa Light Novels

月界金融末世錄 1~2 待續

作者：支倉凍砂　插畫：上月一式

四年後，阿晴再次躍入金融界，
為失去的存在展開一場奪回戰！

羽賀那不告而別之後，月面都市繁華依舊，仍處在持續成長膨脹的時代。曾是少年的阿晴為了失去重要的存在深感後悔，就此遠離金融世界過活。此時，身為沒落貴族的少女艾蕾諾亞出現在阿晴的面前，勸說阿晴再次踏入金融世界。

各 **NT$420~480/HK$128~145**

台灣角川

今天開始靠蘿莉吃軟飯！ 1~3 待續

作者：暁雪　插畫：へんりいだ

小白臉這回居然跟蘿莉私奔!?
還讓三蘿莉女王大人踩在腳下!?

賞我軟飯吃的超級有錢美少女小學生竟對我說：「請跟我私奔吧！」不只如此，蘿莉竟還要求：「——老師，請您教我SM！」讓小學女生往成人階段邁進，就算是我也會遭到逮捕!?衝進危險水域！前所未聞，甜蜜過頭又至高無上的靠蘿莉吃軟飯生活！

台灣角川

各 NT$200/HK$60

MAY YOUR SOUL REST IN MAGDALA. 8

Kadokawa Light Novels

夢沉抹大拉 1~8 待續

作者：支倉凍砂　插畫：鍋島テツヒロ

為了獲得庫斯勒等人擁有的新技術，
騎士團的艾魯森現身了——

在克勞修斯騎士團的追兵步步逼近中，庫斯勒等人啟程前往因翡涅希絲的族人「白者」所引發的大爆炸以至於一夕間滅亡的舊阿巴斯。傳說中，白者從天而降。為了查明真相，庫斯勒試著解開所有謎團，探究比真理更深入的道理，朝著「抹大拉之地」前進。

各 **NT$200~250/HK$60~75**

安達與島村 1~7 待續

作者：入間人間　　插畫：のん

安達在祭典時向島村告白，
兩人變成了女朋友與女朋友的關係！

安達在祭典時向島村告白以後，兩人變成了女朋友與女朋友的關係。暑假也已經結束，迎來了新學期。雖然開始交往了，但是跟以往會有什麼變化嗎？兩人對於交往該做些什麼才好還是不太懂。跟至今有些許不同的高中生活即將展開。

台灣角川

各 NT$160~180/HK$48~55

Kadokawa Light Novels

八男？別鬧了！ 1~11 待續

作者：Y.A　插畫：藤ちょこ

帝國內亂騷動才終於宣告終結
威德林卻被迫照顧大貴族私生女!?

帝國內亂騷動終於平息。然而威爾的人生注定波折不斷，本來打算領完獎賞就回家的威爾，意外收到了一樣「土產」。他被迫照顧一個叫菲莉涅的銀髮少女，似乎是布雷希洛德藩侯私生女。內亂才剛結束就要面對新的麻煩，讓威爾大為沮喪……

各 NT$180~220/HK$55~68

台灣角川

Kadokawa Light Novels

打工吧！魔王大人 前進高中篇N

作者：和ヶ原聡司　插畫：三嶋くろね

《打工吧！魔王大人》衍生故事校園篇！
異世界的魔王與勇者變身為高中生!?

魔王與勇者的平民風格幻想故事變成校園喜劇！登場的是高中男生魔王、同班同學千穗，以及麥丹勞店員蘆屋。而惠美竟把電話客服人員的制服換成高中制服，潛入校園對他們發動襲擊？加上鈴乃和艾美拉達也有登場的全新創作故事熱鬧展開！

台灣角川

NT$220/HK$68

Kadokawa Light Novels

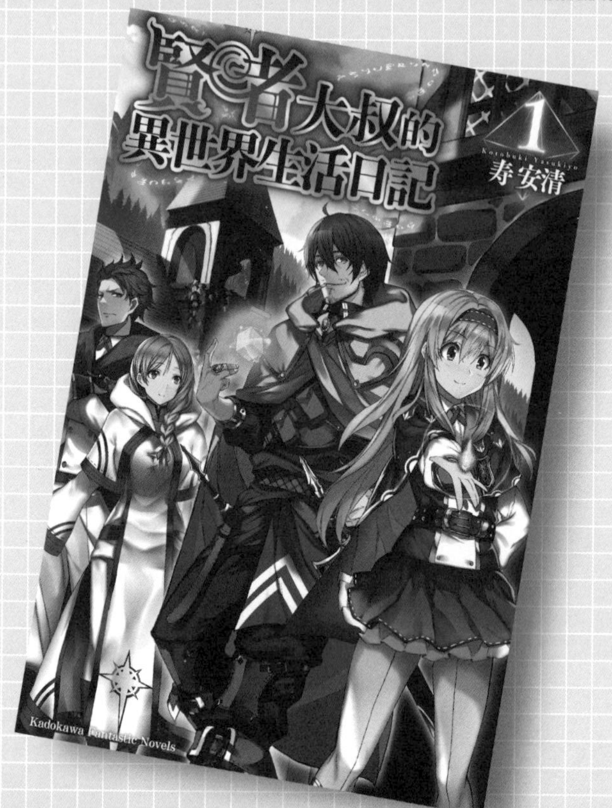

賢者大叔的異世界生活日記 1 待續

作者：寿 安清　插畫：ジョンディー

四十歲大叔帶著遊戲能力轉生異世界！
當美少女的家庭教師！靠原創魔法所向披靡！

40歲無業大叔大迫聰到異世界吃香喝辣！原本沉迷遊戲的他，卻因登入中發生的事故意外暴斃，回過神來便身處於沒見過的異世界大深綠地帶。據女神所言，他似乎繼承了遊戲能力，變成各項能力參數爆表的大賢者！但周圍卻有一堆危險魔物……

NT$240/HK$75

台灣角川

打工吧！魔王大人 1~17 待續

作者：和ヶ原聡司　插畫：029

魔王在麥丹勞的正式職員錄用考試落選！
另外木崎店長也將有重大變動!?

正式職員錄用考試落選的魔王，私底下非常沮喪。另外麥丹勞對木崎店長下達的調職命令，也讓員工們大為動搖。失去成為正式職員的目標後，魔王開始煩惱今後該返回異世界，還是繼續在日本工作，究竟他最後會怎麼決定呢──

各 NT$200~240/HK$55~75

國家圖書館出版品預行編目(CIP)資料

新說 狼與辛香料 狼與羊皮紙 / 支倉凍砂作；吳松諺譯. -- 初版. -- 臺北市：臺灣角川, 2018.08-
冊；　公分
譯自：新説 狼と香辛料 狼と羊皮紙
ISBN 978-957-564-358-4(第3冊：平裝)

861.57　　107009580

新說 狼與辛香料

狼與羊皮紙 3

（原著名：新説 狼と香辛料 狼と羊皮紙Ⅲ）

2018年8月16日 初版第1刷發行
2022年10月25日 初版第3刷發行

作　　者：支倉凍砂
插　　畫：文倉十
日版設計：渡辺宏一
譯　　者：吳松諺
發 行 人：岩崎剛人
總 編 輯：蔡佩芬
編　　輯：黎夢萍
美術設計：李思穎
印　　務：李明修（主任）、張加恩（主任）、張凱棋
發 行 所：台灣角川股份有限公司
地　　址：104台北市中山區松江路223號3樓
電　　話：（02）2515-3000
傳　　真：（02）2515-0033
網　　址：www.kadokawa.com.tw
劃撥帳戶：台灣角川股份有限公司
劃撥帳號：19487412
法律顧問：有澤法律事務所
製　　版：巨茂科技印刷有限公司
ISBN：978-957-564-358-4

SHINSETSU OKAMI TO KOSHINRYO OKAMI TO YOHISHI Vol.3

Edited by 電撃文庫
First published in Japan in 2017 by KADOKAWA CORPORATION, Tokyo.
Complex Chinese translation rights arranged with KADOKAWA CORPORATION, Tokyo.